よるのばけもの

夜晚的怪物

[日] 住野夜 著　曹小优 译

新星出版社　NEW STAR PRESS

目录

003	周二·夜晚
019	周三·白天
033	周三·夜晚
047	周四·白天
061	周四·夜晚
075	周五·白天
089	周五·夜晚
101	周一·白天
115	周一·夜晚
127	周二·白天

139	周二·夜晚
151	周三·白天
155	周三·夜晚
183	周四·白天
189	周四·夜晚
193	周五·白天
199	周五·夜晚
201	周一·白天
213	周一·夜晚
237	周二·白天

每当夜晚来临,我就会变成怪物。

周二·夜晚

当我独自在漆黑的房间里，这个现象会在深夜忽然降临，无论我是平躺，坐下，站立，或者下蹲。有时从手指开始，有时从肚脐开始，有时从嘴开始。

今天，一滴眼泪形状的黑色颗粒从我的眼中滚落。一粒一粒，像断线的珍珠，渐渐演变得愈加激烈，最后如同两道瀑布从我的双眼中涌出。令人害怕又蠢蠢欲动的黑色颗粒将我的全脸掩盖，流遍我的脖子、胸部、手腕、腰，到每一根手指，最终覆盖我的全身。

我的身体上再无黑色之外的其他色彩，在那之后，我无法再客观看到身上的变化，只是感受到我的骨肉和皮肤仿佛也和黑色的颗粒化为一体，虽然看不见，但那样子想必相当可怕。不，还是眼见为实，既然我没客观看过，恐怕也不好一概而论。说不定我也像灰尘精灵那么可爱。

不管怎么说，最后，我终于用头上长出的八个滚圆的眼球确认自己变成了有六只脚的野兽。全身镜映射出我的身影，全身上下黑色的毛发在一根根细微地抖动，只剩眼球白得发亮，而我情不自禁张大的嘴里是不见底的黑暗。

第一次看到自己的这副模样时，我惊吓过度，身体表面的黑色颗粒惊慌失措地四处逃窜，将房间里的东西撞得七零八落。但看习惯了，就好比看到了游戏机或是动画片里出现的怪兽，反而能简单接受了。真是庆幸自己活在现代化社会。

当我变身的时候，最初的大小和大型犬类差不多。而当我想要变大的时候，可以凭借自己的意志来移动黑色颗粒，变成一座山那么大。但此刻在房间，没必要变那么大。

我决定出门走走。为了避免像第一次变成怪物时那样破窗而出，我轻轻地跳起来，将身体从窗户细微的缝隙里滑出，逃出了我所在的二楼的房间。

一瞬间，我的身体变成液体碎落满地，随即又变成撕裂空气的流线，几秒钟之后，我无声地在地面着陆。这里是距离我家三百多米的空地。当我随意跳跃着地的时候，曾踩碎过别人家小狗的屋子，从那之后，我便将这里当作了自己的落脚点。第二天我悄悄给了那只可怜的小狗一条肉干。不幸中的万幸，当时它恰好在外面睡觉，不在自己的屋子里。

在心旷神怡的晚风和万籁寂静的夜色里，为了保护刚起床的小野猫，我将身体膨胀到了三倍大。我曾进行过各种尝试，最终发现这个尺寸恰到好处。若是我突然变成一个巨大的黑色怪物，困觉的小夜猫们恐怕会惊慌失措。我想看小猫们安稳入睡的脸庞。真抱歉，打扰你们的熟睡。

我变成了接近一条道路宽的大小，如昆虫般移动着我的六只脚，阔步走在空无一人的街道上。若是平时，我恐怕会思考接下来要干什么，但今天，我自有打算。

路途中，我赶走了欺负小野猫们的野狗，不知不觉抵达了十字路口。

昨夜，我在这里左拐，然后抵达了海边。深夜的大海一片宁静，浪涛的声音舒适地接受着这个黑色躯体的脉动。今天时间还早，在抵达目的地之前，去海边逛逛也不错。

当我心怀昨夜的美好回忆，将身体微微左倾的时候，忽然听见一声惨叫。惨叫声让我不禁地颤抖。

仔细看，一位本来飒爽地骑着自行车的小哥在即将撞到我的瞬间注意到了我的存在。他大声尖叫，随即夸张地摔倒在地。虽然觉得他很可怜，但我也无能为力，只能往海的反方向仓皇而逃。人间的烟火气息渐渐被抛在身后。那位小哥明天或许将会觉得这是一场梦罢。但实际上不是。我确实存在，撞碎了窗上的玻璃，踩碎了小狗的房子。

不料夜色之中我的步伐迅速得过了头，不知不觉之间来到了一个完全陌生的地方。为了确认这是哪里，我在附近的公园将身体膨胀到了一座房子那么大。当我的视野跨越电线杆，向远处瞭望时，才意识到自己似乎真的跑到了非常遥远的地方。在遥远的对面，能看到昨夜伴我度过一段幸福时光的大海。

当黎明来临之际,我不得不回到自己的房间里。否则我将会变成一个光脚穿睡衣在路边游荡的怪人。为了明确自己现在的方位,确认东方天空的颜色是非常重要的事情。

如此庞大的身躯除了显眼,没什么好处,也无法帮我更快地移动。所以我先将身体缩回到道路宽,以那片海为目的地沿着道路移动。

若是不小心被人发现我,对方恐怕会被吓坏,所以我如果看见对面开来一辆车,可能会猛地腾空而起跨过去。并非因为我怕被车撞死,就算车横冲直撞地开向了我,也只会看见黑色的颗粒分散开来,所以用不着躲避。我之所以想要躲开,是为了防止交通事故,不想吓坏了司机。说穿了,我对于吓唬人类这回事,早就厌倦了。

今晚我也腾空而起,掠过了迎面而来的汽车。虽是如此笨重的身材,却也感觉到了徐徐晚风。远方传来微小的警车鸣笛声。夜晚温柔如梦。

我抵达了海岸边,今夜的海上也清晰地反射着明月。

然而,今晚却有先到这里的不速之客。虽然有些距离,我仍能看到他们靠着肩,坐在海岸边。他们也是为了享受这美好的大海而来的吧。这种时候,若是发现了怪物,岂不是一切幻化成泡影。心怀遗憾的我老实地离开了海边。能够为他人着想的我,似乎还蛮了不起的。

没办法,还是先前往目的地吧。

如果骑自行车,从我家到目的地只需要十分钟。用我此刻的身躯，想必十秒都不用。但我不需要赶时间，所以尽量小心翼翼地慢慢前进，避免惊吓他人。

花了二十分钟左右，我抵达了目的地。这里远离住宅区，被大自然所包围，万籁寂静。我伸直身子，从围墙往里窥探。当然，谁也不在。

我迅速将自己的身体溶解，从墙壁中的一个细孔里往里钻进去，偷偷潜入了校园。

那是几个小时前，我正准备去洗澡的时候。忽然想到，我必须得去一趟学校。不是我一时意乱情迷的胡思乱想，也不是为了恶作剧，更不是因为我超喜欢自己的中学。真正的原因是我忘了明天的上课时间有变，把作业本忘在了教室的壁柜里。

黑色的颗粒汇聚在一起，形成了怪物的身体。我往教学楼里看，只见远处隐约有些灯光。或许是警卫在巡视校园吧，我提醒自己若是撞上了千万别吓唬他。

我将自己的身体缩小成大型犬的体积，尽量靠着教学楼的边缘走。嘛，不过就算我这样小心翼翼，一旦靠近我，还是能会被我的血盆大口八只眼睛六条腿四根尾巴吓到心脏破裂吧。我能改变体积大小，或者是瞬间变形，但基本上还得维持这副模样。虽不知这状况是不是因人而异。

我在两栋教学楼之间的庭院，往深处探，再贴着墙壁一口气爬上了屋顶。为了避免发出不必要的声音，我跨越铁丝网，小心地着地。原本我也可以在途中跳进窗户迅速钻进去，却忽然想要绕个路。

第一次来到教学楼楼顶，应该是我高一参观学校的时候。满怀奇妙的澎湃心情，我用那双在黑夜里也视力惊人的眼睛，发现了墙角掉落的烟蒂。

享受够了随风而来的快感，我心满意足地走向屋顶的入口，准备将身体从那扇沉重的门的锁孔里滑出去。

无声，不，或许有些换气扇还是什么机器所发出的低沉声响。路灯和月色在校园投下一层轻薄的光，校园内并非漆黑一片。

虽说有声也有光，但夜晚的校园，总让人有些心情微妙。

假如撞见了人类，受惊的肯定是对方，要是有个什么危险，我可以将身体膨胀到巨大，不会输给鬼怪。但不知为何，即便如此，我也觉得背后发凉。我决定离开这里，赶紧前往目的地。

教学楼一共五层，我每天都去的高三教室在三楼。我谨慎地往楼下走去，覆盖在我身体表面的黑色颗粒安静却又有些躁动。我小心翼翼地穿过图书室和美术室所在的四楼。窗外的月光照亮了我黑色的身躯。今天是满月。

我每晚都变身。若像狼人那种只在满月变身的话，不知生活节奏会不会被打乱。想着这些有的没的事情，我到了三楼，楼梯旁边的厕所里恰好传出了流水声。我嗖地一下将身体藏了起来。但这似乎只是自动冲水的声音。竟然连这也害怕，我今晚的确是不太正常。

我一步步走向二班的教室。当我穿过两个教室往前走时，胸口那或许存在的心脏血管忽然膨胀了起来。

短暂的瞬间却感觉无比漫长。我来到教室的后门，沿着门缝往内侵入。教室里一片安静，我隐约听到了自己的耳鸣，像是进入了一个不同的世界。

大概是昨天的值日生有些偷懒，课桌七零八乱。但我顾不上这些，立刻来到自己的柜子前，准备用尾巴撬开柜子。看着柜子被平日里爱整洁的我翻得乱七八糟，内心终究还是不太愉快的。

教科书，练习册，测试卷。我灵活地操控着尾巴将它们一卷而出。哦对了，出教室的时候我得先开门将这些东西塞出去，然后进来关上门。能够从缝隙里缩着走的只有我。靠窗那侧和走廊那侧，不知道哪一个离庭院更近呢？但我绝对不能将东西从窗口扔下去。或许也可以先将东西拿去屋顶，然后再回来关窗。但真麻烦。

思考时习惯性用手挠头的我，此刻用尾巴挠着头，不由自主地往黑板方向转身。

"你在干、干什么？"

我以为只有我在。

讲台上的她的身影突如其来地印入我的眼帘，我屏住呼吸，无法发出任何声音。

相反，我身上的黑色颗粒开始随着汗毛的竖起而躁动起来。

颗粒瞬间变成了风，是旋风。推倒了教室的桌椅，揭走了墙上贴的时间表。桌子在地板上碰撞出巨大的声音。慌张的颗粒覆盖整个教室，包括她和讲台。

"啊——！"

我心中的龙卷风在她的惨叫声中停下。颗粒们停下了躁动，带着对现状的疑惑，一点点向我靠近。

但回归我身体的颗粒们也无法保持平常的状态。我全身膨胀，激动地在空气中摇晃。

她战战兢兢地看着我。我八只眼睛中的某两只正和她对视。

为什么？到底发生了什么？为什么现在会在这里？

对方或许对我怀此疑惑，而我亦然。

我们彼此沉默。

我并非忘了要溜走，只是有些担忧。

她有没有看到我动了自己柜子？有没有看到我脚边的教科书？那上面都有我的名字。若是看到了，我该怎么应对。

是她先打破了沉默。

"吓吓吓吓吓吓死我了。"

惊恐仿佛慢了几拍来袭，她再一次全身颤抖。也或许是她被吓晕了头。

她剧烈地抖动肩膀，把我像嫌犯一样目不转睛地从上到下打量。似乎在确认自己此刻的处境，而我只能手足无措地看着她。

不知道她对现状作何理解，直至她伸直双手，将掌心朝向我。

"等、等、等一下。"

她一边说一边慌张地朝教室门口跑去。我这才注意到教室前门开着。

我已经顾不上思考她出现在这里的理由，确认她那瘦小的背影远去后，我匆忙地卷走教科书，关上柜子的门。

待处理完现场的证据，我开始再次思考各种问题。为什么这个时间她会在这里，她之前都去了哪里，以及为什么她能够平静地和怪物对话。

我本应怀着摸不着头绪的一堆疑问赶紧逃跑，但又担心她会被警卫抓住，于是不知不觉地等在了原地。

她却出乎意料地立刻折了回来，带着微微的笑脸。

"我回来了。你解释一下吧，我已经——没、没事了。"

解释？当我听到这个词，情不自禁地接了一句。我不知道在她听来我的声音是怎样的。如果传出来的是我平时的声音，那么很容易被她猜到我是谁。我不得不回避这点。

这份杞人忧天本该替我巧妙地避开麻烦。然而接下来的一切，却让我知道了答案。

"你在这里、做、什么呢？"

我无法回答。

"你是、安达君，对吧？"

"欸？"

我紧紧封闭的嘴里发出了奇怪的声音。不由自主。

不知道我是否大汗淋漓，但感到体内一阵冷汗来袭。收紧的脉搏开始剧烈地跳跃。

她怎么会知道，是我？

我往身后瞅了一眼，是因为看见了我的柜子吧。

"啊！果然是安达君的声音。"

她刻意地击了一下掌。只要被触怒，她惯有的夸张的小动作就算在深夜、在怪物的面前也不会改变。

我没有回答,模仿野狗发出了嚎叫,想方设法改变她的认知。这种叫声是我之前驱赶野狗的时候学会的。

她歪着头,我以为她开始怀疑自己的想法。

"你饿、了吗?"

不对。她一边用一种让人难以理解的方式断句,一边咯噔咯噔地走到我的面前,仔细端详我的脸。我完全忘记了自己庞大的身躯,一个劲往后退。

怎么办?我该立刻逃跑吗?如果就此放任她,她去告诉别人我晚上会变成怪物,估计也没人相信。我和她之间或许会因此缩短距离,但大可不必。

她似乎看出了我内心的犹豫。装作什么都没想,微微窃笑。

"啊啊啊,但是……"

"……"

"如果你想假、装不是、安达君,我可能会到处散、播这个谣言哦。"

"等等、啊,唉。"

我被她恐吓得一着急,声音就变回了平时的声音。她应该不是因为听到了我本来的声音才高兴的,但脸上的笑容却更灿烂了。

"没关、系啦。"

怎么回事。

"我不会告诉别人的!"

我没法信任她，也不知道她的没关系是什么意思。

"作为交换、条件，你也不要、告诉别人我在这里、的事情。好吗？"

还会和我交换条件。这似乎和我平时对她抱有的迟钝、不懂察言观色、脑子略笨的印象有所不同。

她瞪着圆溜溜的大眼睛看着我。

我输了。

最后，我郑重地点了点头。与其怀揣对未知的不安，不如抓住她的把柄，以此作为交换条件。就此放任此刻印在我眼帘里的这个她，其实有些危险。她是那种会多嘴的人。

只是日后当我回想起来，才意识到或许自己渴求被谁知道我会变成怪物这件事。或许，我是想要炫耀一下。

我心怀觉悟，控制声音不要背叛我此刻的想法。

"我明白了。"

话音刚落，她再次皎洁一笑说："那就好。"我也不知这是好是坏，其实根本就不该让她发现我是谁。

对了，话说回来，她为什么会在这个时间出现在学校呢？

我正在犹豫要不要问她，她却先发制人。

"安达、君，你穿的这个，是人偶装？"

她伸出手想要触摸我的前爪，被我嗖地收了回来。我不知道被人类触碰后会怎样，所以不能让她摸。看来这世上就是有她这种一言不合就乱摸别人的家伙啊。

"不是。"

"啊，也是哦，的确、现在的安达君，看起来，是不像穿、着人偶装。"

为了威胁她我明明加重了语气，这家伙却丝毫没有感受到我的警告，试图再次摸我。这家伙真是的，所以说她……

而且从刚才开始，就一直安达君、安达君叫个不停。

"话说之前有让你叫过我安达君？"

为了和她站在同样的视角说话，我不由自主地叫了自己安达君。

她不知所谓地摇了摇头，用跟同班同学说话的口吻，毫不在意地和一只怪物说话。

"没叫过。但大家都这么叫你、吧？我叫矢野砂月、但你、记得吗？你习惯叫别人名字，还是外号？"

"……名字。矢野同学，为什么这个时间会在教室里？"

"来、玩。但这样有点太过、了吧。"

没有等我回话，她开始收拾起被我掀翻的桌椅。我这个始作俑者没法置之不理，只好跟着她，用尾巴整理起来。"尾巴看上挺、好用。"她不由自主地发表感想。

将桌椅整理得比我来时更整齐，再将课程表重新贴好，她一边擦汗一边看着我。

"辛苦、了。"

"没什么。"

我们不是同一个小组，班委会、社团也不在一起。都说男女搭配干活不累，但和以前连话也不想说的女生一起工作，并没有给我带来舒适的疲劳感。

矢野再次击了下掌:

"啊,对、了。"

我以为她又会说点什么莫名其妙的话,结果竟然说了件一本正经的事情。

"虽然是你先问我的,但我想知道,安达君、穿的、如果不、是玩偶装,那为什么会打扮成这样、呢?"

我不知道该如何回答是好,正准备随便撒个谎,忽然从教室里传来了熟悉的巨响。

因为对声音太敏感,我缩成一团。

我这才知道原来上下课铃声在夜晚也会响。虽说学校附近没有什么居民楼,但当真不会被人投诉噪音吗?

转头一看,矢野却丝毫没有被吓到的迹象。这意味着,她并不是第一次在这个时间来到这里,所以知道了铃声会响。但又似乎有什么不对。

"啊,夜间休息、的时间、结束了。"

她从衣服口袋里掏出手机操作了两下,闹钟停止了。

"为、为什么是上下课铃声?"

"现在、是预备铃。是为了避、免我忘、设定下课铃、声而设置的。夜间休息还有、十分钟就结束了。"

夜间休息是什么鬼。奇怪的行为奇怪的话,看着矢野我心中有团莫名的怒火。然而似乎从黑色的怪物脸上是无法推测出来的,她举起手,手心朝向我。

"那么，就明天再见啦。"

"啊，明天？"

她该不会是指明天在学校里吧。这万万不可。如果和她亲密地讲话，让大家误认为我们关系很好，那可就糟了。

"那个，矢野同学。"

"没、关系。我不是、说白天。我是叫、你明晚早点来、这里。"

"这里？"

"嗯，你能、来这、里吗？"

虽然她没明说，但我明白了，如果我明天不来，她就会把这件事情张扬出去。我的脑海中甚至已经出现了她拿我这件事作为人质来要挟的画面。虽说是交换条件，但一旦被踢破，受负面影响更大的绝对是我。

我无计可施，只能点了点头。

虽说变成了怪物的样子，我却被面前这小女孩牵着鼻子走。到底是哪里不对？

看着她欣喜若狂的脸，我忍无可忍，也无法多说什么，只能从窗口的缝隙往外溜走。

意识到作业本忘带，是第二天太阳升起，我变回人类的时候。

昨夜的心血，都白费了。

周三·白天

自从我变成怪物,就未曾在夜晚睡过觉。

然而却头一次,觉得昨晚做了一个梦。

我变成怪物去了学校,撞见了同班的女生,我们交换了一个密会的约定,莫名其妙。几周之后,包括我变成怪物这件事,或许都会成为一个梦。

原来如此,如果这样想的话,一切比较符合逻辑。

即便如此,做这样的梦,一定是我哪根神经搭错了。变成怪物什么的,还和那个叫矢野的家伙……

我明明是下定决心要往这个方向想了。然而,当我经过那个果真坏掉的小狗屋时,我意识到这世上没有人能为我的心情辩解。

"哟,安达!"

我后背被鞋箱狠狠地敲了一下。虽然我知道是谁,但还是故作惊讶地回过了头。

"早上好。啊,你换发型了?"

"嘿嘿嘿,被男生留意到发型变化可没什么值得高兴的。"

话虽如此,笠井仍然高兴地露出了一排牙齿,像踏阶梯一样踩着地面穿上了室内鞋。笠井的个子比我矮一大截,所以我能立刻能注意到发型的变化。但我可不吝啬对他的称赞。我正想着,准备跨上台阶,却从身后传来了一个声音。

"笠井,我要把你烫的头发拉直哦。"

我们随着身后传来的威胁声转过头去,只见眉头紧蹙的保健室老师站在那里。她名叫能登。

"不是剃光,而是拉直?"

笠井开玩笑说,不管被哪个老师批评他也会坚持这个发型,能登便说着"惩罚如果不能带来反省,那也没什么意义",从我们面前消失了。我不由自主地想到,如果被能登知道了我半夜侵入校园,不知道会被说什么。回过神来,笠井已经上了楼梯,我赶紧追过去。

"安达,你看能登看入神了?原来你喜欢老太婆?"

"去你的。她有那么老了?"

"三十多了吧。"

来到三楼,发现走廊非常热闹。虽说今年,我们成了老师口中的应届考生,然而我们还没有那个意识。

往教室的方向走去,一步,两步。我的视线自然而然地朝向我们的教室。教室门口,学生进进出出,像是蚂蚁归巢又离去。

这时，有人朝这边走来，我和笠井一起挥了挥手。

紧接着，我的余光瞟到另一个人，后背忽然一阵紧张感来袭。

从教室里出来的她，挥了挥手里的抹布，面带皎洁的笑容，朝这边走来。

矢野砂月看到了我们，面不改色地张开了口说，

"早上好，唔！"

一个重音留在"wu"上的奇怪招呼。我看也没看声音传来的方向，直到和她擦肩而过之后，才松了一口气，抚了抚胸口。

我在走廊上便听到了教室内的骚动，走进教室的笠井和大家打了个招呼，其他人纷纷回应。走在他身后的我，借着他的精神抖擞也打个招呼，进了教室。还好今天笠井换了发型，就在大家开他的发型的玩笑时，我装作一脸若无其事坐到自己的座位上，委身于眼前这片热闹的景致。

我将昨晚忘了带回去的数学教科书从柜子移到抽屉里。其实我也可以趁这个时间把作业做掉。但又不想被同学笑话是书呆子，所以打算老实交代说忘了做。

这样一来，早晨这段光阴便成了闲暇，我刷了刷手机，和刚进教室的同学打打招呼，随便聊聊打发时间。同桌这个露着虎牙笑的工藤和我从高一起就是好友，这段时间度过得倒也很愉快。

过了一阵之后，只见矢野拿着一块抹布，晃晃悠悠地回来了。抹布似乎没被拧干，水滴四处滴落在教室地板上，周围的同学都避之不及。我正在疑惑她要用这么湿的抹布擦哪里，却只见

她走到自己的课桌前,开始擦起自己的桌子。这是我视线一角可见的光景。从我位于最后一排的座位,移动象棋棋盘上两格左右的距离是矢野的座位。虽然我看不到她的课桌上被写了什么,但能大概猜到。

不知是仔细擦过桌子后就满足了,还是说决定放弃,她又拿起抹布摇摇晃晃地往教室前方走去。路过堵在前面的笠井时,她用一副无所谓他人怎么想的语气说了一句"发型、变了呀",笑容让人背脊发凉。当然,大家都不出所料地没有搭理她。而矢野似乎早有心理准备,对于他人的置之不理没有任何反应,出了教室。

矢野刚走出教室,教室里便传来一阵咂舌声。这一连串的反应都在我的意料之中。如果要在意可能没个完,我正好无事可做,往厕所的方向走。来到走廊,我往矢野背影的反方向走去。矢野现在应该是去厕所洗抹布了,虽然她去的那个厕所比较近,但我可不想撞到她被叫住。她手中有我的把柄,所以我也不会去多嘴昨晚的事情,但还是怕麻烦。

我在洗手间也不知为何如此仔细地洗完手,来到走廊,恰好遇到了绿川双叶。

有着像是明星或者动漫角色一般名字的她,手捧一本书,挺直身子,摇晃着头发,一脸冷漠地往这边一瞥。一大早就迎接了两个极端的女孩的洗礼,我觉得有些头晕目眩。但我不能让她察觉,于是摆出我惯有的笑脸,打了个招呼。

"早上好。"

"嗯。"

她似笑非笑地咧开嘴角,轻轻应了一声。没有一句多余的话,仿佛下一秒就能忘了遇到我这件事,她转身往教室走去。

她和那个总是一脸微笑、声音洪亮,说着些不着边际的话的矢野完全相反。我不由得追寻她的背影,这个背影和总是微微猫着背的矢野的不同,挺得笔直。

她一进教室,教室门边的好几个人都大声和她打招呼说"早上好"。她打包一起回了声"嗯",一语不发地来到了自己的座位。到了座位上,附近的女生又问她,"双叶,又去图书室啦?"面对这个提问,她也只回了一声"嗯"。完全没有想和对方说话的打算。但即便如此,对方仍然没有丝毫觉得她讨厌,若无其事和别的同学开始聊天。

和矢野一样不会察言观色的她,却受到和矢野完全相反的待遇。其中,当然有各种各样的理由。

就在我和座位旁边的工藤用无聊的对话打发时间的时候,视线的一角又出现了矢野的身影。她来到她那个谁也不会靠近的座位上,一脸笑容地晃着脚。

上课铃声终于敲响,班主任小池进来打招呼。课外活动和室内课程都一如既往地顺利进行,既定事项,比较轻松。

第一堂语文课随便走神,第二堂数学课报告老师说把作业忘在了家里。被老师说了句"真是罕见"。其实并非如此。我只是忘了做作业。也不是什么太要紧的事情。我接受完老师说的明天给她看的指示,回到自己的课桌旁。

结束完第三节地理课，接下来是并非轻松的课程，体育。

动身去更衣室之前，女孩子们在矢野面前兴奋地用划剪刀石头布来推脱着什么。对了，今天女生的人数是偶数。体育老师总是以为女生人数是奇数，所以两人一组做伸展运动时，矢野被剩下是个偶然。大人总是容易忘记自己学生时代的事情。

我们其实总是怀着远比大人们所能设想的残酷的心情活着。

换好衣服往体育馆走去，玩了一会儿躲避球，老师吹响了集合的口哨。整队后，分组做完伸展运动，然后直接以这样的配对开始练习排球。我一边看着体育部的家伙们大展身手一边协助他们，然后在不知不觉间得分。

男女生将运动馆一分为二。就在我和笠井击掌时，往女生那边瞥了一眼，运动时总是扎起马尾的绿川接过井口传来的球，在她的身影的对面，我看到了矢野面对天花板躺下的身影。鼻孔插着白色的东西，似乎是留了鼻血。明明还有在一旁看热闹的女生，却没有任何人靠近她。

"小安，在偷看谁呢？要我帮你去搭讪吗？"

笠井一脸坏笑，我若无其事地回了句"没有"，回到了室内体育场。

我回来后，被老师提醒的笠井才回来。笠井似乎也在看谁。原来如此，自己心怀不轨在偷看别人，所以才会那样揣测我。

"辛苦、了！"

下课后，矢野像跟其他女生打招呼一样和我们打招呼，鼻子里塞着的纸巾上印出了血。当然没有人会给她回应。矢野一颠一颠地晃着她小小的身体走在我们前面。我在内心深处祈祷她千万别提起昨晚的事情,她完全有可能不解风情。

但我的担心似乎是多余的,她并没有说这个。

只是,不懂察言观色、对旁人熟视无睹的人,总是能以各种各样方式给周围的人添麻烦。

我尽量不去看那个小小的背影,和周围的人聊着天。忽然,矢野似乎蹲了下去。直到她到了跟前我才注意到。我吓得赶紧想躲却没躲开,不小心踢到了她的右脚。平衡能力太弱的她"哇"地叫着倒在了地。我不由自主地转身,只见沾着血的纸巾在撅着屁股的她面前落下。

矢野一脸惊恐地看着我。而我什么都没有说。

我一言不发,若无其事地和笠井他们继续聊天。他们早就接受了这样的我。

虽然身后传来"吓死我、了!"的声音,我仍然没有回头。

当我继续装作没事地跟着别的男生涌入更衣室时,肩膀被一只厚重的手用力拍了一下。是棒球部的元田。我们并无过节。

"你真行啊,用脚踢她。"

他一边笑一边说,声音洪亮,估计走廊上所有人都听见了。我皱起眉头,一边脱掉运动服一边回答说,"明明是忽然在我面前蹲下的人不对。"元田嘘了一个口哨。

换掉衣服,我忽然觉得肚子饿了。自从能变身后,我常常觉得饥饿。接下来是午休时间。我们学校不发放午餐,所以午休的铃声一响起来,大家就争先恐后地往食堂跑去。我也跟着人流来到食堂，用饭票买了乌冬面和炸猪排盖饭。

笠井在斜对面，买好一碗拉面正准备吃，看见我坐下来，他露齿一笑。

"安达君，吃这么多会变胖子的。"

咯咯直笑的他毫无恶意，我嘴里叼着一块猪排，回了句"烦死了"。

他凭借这无瑕的笑容风靡全校。男女通吃。在食堂吃饭的同班同学在我们的餐桌上围成一团后，笠井忽然唐突地问：

"话说，安达君知道吗？"

"知道什么？"

"听说最近晚上有怪物出没。"

我的筷子咚地掉了下来。

"欸，怪物？"

或许是我的惊讶表现得太笨拙，大家都笑了起来。

"嗯，有人看见了。据说哪怕在夜里也能感知到它体型庞大，我本以为是胡说八道，但好几个人都说了同样的话，怪物有很多个眼睛，还有很多只脚，想想就心里发毛。"

"这副模样还体型庞大？真可怕。"

我我总算体会到了"食之无味"一词的含义。将沾满酱汁的猪排送到嘴边，虽然看上去很好吃，但陷在笠井说的这番话里，我什么味道都没吃出来。

"怎么办，去找找看？"

"不是半夜嘛，我要睡觉呢。"

"什么嘛,真不给力——安达君,你也太老实了——"

对于这个曾经教人半夜潜入女朋友家中的笠井来说,以"要睡觉"这种理由来拒绝,就是老实。看来我得想个和他的夜生活八字不合的理由。但我忽然想到,就算是被他看到,他也未必能知道是我。我得注意别让他看到我翻自己的柜子。

但没想到这样的流言蜚语会在同学中传开。

"笠井别这样了,人家安达君和你不一样!"

这句发言引来一阵哄笑。接着一个女生赞同说,"就是嘛,你最好和人家安达君保持点距离!"再次引来了哄堂大笑。大家虽然叫着安达君、安达君,但是都看着笠井。我也顺势朝着笠井笑。

"烦死了烦死了——我吃饱了,去踢球吧!"

笠井像是要挥走大家的玩笑一般站起来,看着正在挠头的我。我不由自主地一点头,笠井立刻看向别的男生,开始确保去踢球的人数。女生们看着匆匆忙忙往嘴里塞剩下的午餐的男生们,像刚才一样笑着说,"每天踢球都不会腻啊?"

我们抱着沉重的肚子,剩下三十分钟的午休时间全部花在了足球上。说实话,我并不擅长踢足球,被分配做助手正好,什么都不用考虑。人各有各的使命和位置。相互之间需要这样的理解。

然而,那家伙却不明白这点。

我心不在焉地想着那晚的事情,内心不由得有些烦闷,对飞来的球丝毫没有注意。不小心撞到了牛高马大的篮球队队员,毫无心理准备的我摔倒在地。

"安达君，怎么了？哇，手肘，流血了！"

比赛还在进行中，笠井却独自向我跑来。我看了一眼，手肘的确是破皮了。"我带你去医务室吧？"笠井说。就在他热切的关怀声中，足球飞进了球门。

"没事，又不是小孩子。但我还是去消个毒吧。"

笠井抬头看了一眼，接了一句"是吗"。

"原来如此，安达君，你是想去见小能才故意受伤的吧！那我可不能跟着去当电灯泡！"

看着一脸笑嘻嘻的他，我丢去一句"才不是"，他一边嘀咕着"'又不是小孩子'原来是这个意思哦"，一边往大家进球的地方跑去。

之后跟大家解释的事情就交给他了。我放心地离开操场，向教学楼跑去。

正如我刚才宣称的那样，我来医务室让能登帮我消毒。一敲门，立刻有了回应。我喜欢医务室的门打开的那一刻传来的气味。并非喜欢消毒水的气味，而是喜欢那种像是玩捉迷藏时，进入安全地带后的安心感。

医务室里没有别的学生，能登似乎在看书。桌上放着文库本书籍。《人间失格》。虽然我没看过，但有可能是讲一到晚上就会变成怪物的小说。

"不好意思，我的手臂擦破皮了，想消消毒。"

"好的好的，好久不见了，安达君。"

能登不生气的时候,会在学生的名字后面加上"君"或者"桑"。

"我们早上见过了。"

"我是说在这里见面。"

我坐到圆凳子上,能登便立刻为我消好了毒。因为是擦伤,所以不用创可贴。

我向她道谢,然后正准备推门出去,她却用一声"等等"叫住了我。

"最近怎么样?"

"怎么样……没什么不一样啊。"

我总不可能跟她说,最近我一到了晚上就变成怪物吧。如果说了,可能立刻就要开始心理治疗了。

"反正离午休时间结束还早,不如在这里休息一下?没有勉强自己吧?"

"……不用了,朋友还在等我。"

我向她道谢,然后出了医务室。心跳比往常快了一些。

能登虽然教训学生的时候口吻严厉,却是个细心照顾人的老师。虽然有不少学生觉得她很啰唆,我却不这么觉得。所以我并不是因为讨厌她才拒绝了她的提议,而是有别的原因。

我担心能登和矢野一样,因为某种原因,已经注意到了我的真面目。

但仔细想想,这不太可能。我之所以会这样担心,或许还是因为昨晚的事情。

再加上受了伤的事情,我对矢野莫名来气。

所以这是自作自受。放学后，总是和我一起出学校的笠井在教室里闲聊，于是我也加入他们。因为错开了其他人放学的时间，我看到了棒球部的元田他们在矢野的鞋柜前嘻嘻哈哈捣鼓着什么。

某种程度上来说，这是自作自受。我想。

周
三
·
夜
晚

夜里，变成怪物的我带着一丝忧郁往学校走去。

我像昨天一样溜进教室，然而矢野不在。想到明明是她叫我早点来的，我怒火中烧，却又觉得她或许是躲在某处应该去找找……算了。要么是没来，要么就是不想来了。若是后者也就算了。我一边想着一边将身体调整成方便坐在教室后方的大小，忽然看到教室前门猛地被打开。

"已经来、了啊。"

"……是你叫我来的吧。"

就算我发牢骚，矢野也像没听到似的说着"啊，我去、洗个手"，再次跑出了教室。这家伙究竟搞什么鬼。

过了一会，她一边用裙子擦着手一边走回来了。昨天我没察觉到这点，仔细想想，她为什么穿着校服呢。

"我刚才、去造了个、坟墓哦。"

我又没问,她却自顾自说起了不在场的理由。

"坟墓?"

"嗯,有一只青蛙,死在了我的鞋柜里。太可怜了。"

矢野仍在自顾自回答:"很小、的、一只青蛙。"她用食指和拇指比画出一段微小的距离。

"青、蛙之中,你喜欢雨蛙,还是角蛙?"

"我喜欢大眼蛙[i]。"

"哦。"

她毫无兴趣的语气很有几分故意挑衅的意思。矢野规规矩矩地坐在自己的座位上,一边晃着双脚,一边看向我。

"眼睛,有八个。四肢,有六个。尾巴,有很多。"

我被她从头到尾指手画脚地说出身体特征,体会了一把被当人体模型的滋味。虽然没人说过那是怎样的感觉。

在来这里之前,我其实准备好了答案。如果被问到为什么我会变成这样,我就回答"不知道"。很诚实的答案。

然而她的提问却出乎意料。

"现在的你,才是、你的真面目吗?"

"……欸?"

"为什、么,你变成、人了呢?"

我完全没想过这个可能性。和思想偏离常识的同班同学一五一十地说"我到了晚上会变身"之后,"变身"一词竟有了

---

i 大眼蛙,日本公司三丽鸥在20世纪80年代所设计的卡通人物。

几分英雄色彩,这让我有些害臊。

"我深深地以为,你就是,以这样的面貌出生的。"

"那样的话,我就不专门变身成人类来学校了。"

"我以为,你如果以这副模样、来学校的话,会很、困难,所以变成人、来学校。"

怪模样这个形容让我脑门充血。我想象了一下,就算退一万步得以这副模样来学校,也没什么难度。至少比矢野的每一天轻松多了。

"矢野同学才是,为什么每天来学校呢?"

我问,怀揣着一点想要捉弄她的小心思。对她来说学校肯定不是一个开心的地方吧。我是为了反击她,没想到却被她若无其事地驳了回来。

"因为没有、午休时间,所以想、来晚休时间。"

我觉得莫名其妙。晚休时间,好像昨天也说了同样的话。"什么是晚休时间?"

"想、知道吗?"

"……也不至于。"

"晚、休时间呢,其实是,啊,对了,你知道、我是、怎么进来这里、的吗?

"天知道。"

"想、知道吗?"

真麻烦。虽然我一直知道她很麻烦,但两个人单独说话之后愈发感觉到。我觉得厌烦而开始沉默,她却开始自说自话。

"校警会睁、一只眼闭一只眼,午夜一点、这一个小时,这就是、我的晚休时间。"

"这么无聊的理由。"

如果是真的,那小偷岂不是要多少来多少。

"我没有骗你、哦,当然是因为知道我是这里的、学生。"

什么"当然是因为"。就算是学生也不可能吧。虽然此刻的我也没资格讨伐这点。

"我也、是最近才知、道的,校警有、三个人,我问过,名字但是忘了,都是好人、呢。"

都是好人的意思是矢野和校警们都见过,并且校警们抛弃了自己的职责,默许她在这里。没有这种可能性。而且就算是真的,双方的目的都太莫名其妙了,绝对没有这样的可能性。

"你不、相信我啊。"

"……就算真的有你的晚休时间,你有必要来学校吗?""安达、君昨天不也来学校了吗?"

"我是为了来拿书。为了完成作业。"

"真老实、啊。"

虽然矢野没有笠井那样的意思,但白天被说一次老实,现在又在这里被说一次,我的胃难辨真假地疼了起来。

"我是来、享受晚休、时间的。"

矢野不合时宜地美滋滋一笑。

"白天的校园,无法让我休、息。"

为什么她能笑得出来啊。我无法说"的确如此啊",也无法

说"不是这样的"。她从这样的笑容中抽离出来,奇怪地对我说:

"对于安达、君来说,有、午休吗?"

"……"

我既无法承认也无法否认。脑海里会想起今天午休时间的事情。我吃了猪扒饭,踢了球,受了伤,去了能登老师那里,的确没有休息。

"那、我们关于午休的话题就终、止吧。"明明是她自己提出来的。

"晚休的时间,还剩下、一些哦,干嘛、呢。"

"呃,我打算回家了。"

"安达、君平时,晚上都做什么、呢?"

"做什么?"

"我没有、色色、的意思。"

我对她一本正经的胡说八道深深叹了一口气。但矢野会说这种普通中学生说的话让我挺意外的。

"晚上,有时候去海边,有时候去山里。"

"哪里都能、去呀,真好。"

"最初也尝试过吓唬别人,但很快就腻了。"

"怪物,很吓人呢。"

"啊,之前去了主题乐园,看到很多还在工作的人吓了我一跳。"

"哇,安达、君会被误认为是新的、游乐设施吧。"

矢野夸张地和我一唱一和。我没想到她对我的话题如此感兴趣。

"矢野同学才是，晚上在学校都做什么呢？"

"用手机、看视频网站，或者、是看漫画，虽然是、违反校规的。"

现在还谈什么违反校规。早就违反了很多校规了。"这种事为什么不在家里做呢？"

"不是、这么回事。"

被她的双眼直视，我的八只眼睛不由自主地躲闪开。虽然不知道她想表达的，但矢野说不是这样那就不是这样吧。我并非接受，只是承认她的价值观所在。人都有各自独特的价值观，她那样的人尤其。这是造就她的现状的原因。所以就算我尝试去理解也未必能真的理解吧。

"但是、安达、君说的话也、有道理。"

她对我的言语的容纳让我感到意外且荣幸。似乎我又能重归自己平静的夜晚了。

"我们一起在、学校探险、吧。"

"……不是吧。"

"你不是说，做点不能、在家里做的事情吗？"

"我可没说。我说我要回去了。"

"回、去啊，三十分钟、后。"

她拿出手机开始计算时间。不知为何，我觉得她拿着手机的样子有些让人意外。她都用手机联系谁呢？

"走、吧。"

还没得到我的许可,她便站起来往教室的前门走去。

虽然并没同行的兴致,但我还是勉强把身体缩到大型犬的大小跟在她的身后。我在担心矢野若被校警抓住了,会不会泄露我的事情。

其实,我也并不是对夜晚的校园丝毫没有兴趣。

我让矢野先出教室,然后用尾巴关上门,变成颗粒状从门缝来到走廊。当我由颗粒重新变成怪物的时候,她竟轻轻击起掌来,说"其实不关门也可以的"。我仔细一想,且不论晚休的事情是真是假,她究竟是怎么进来的?

"你现在的大小,跟宠物一样呢。"

"……你最好还是戒备一下吧。"

我将声音压低,矢野便捂着嘴说,"这是怪、盗游戏"。我在大脑里搜索了好一阵才意识到她在说怪盗。

"眼睛、不会伸缩、吗?"

在走廊里踱了几步,她突如其来地指着我问,确切地说,是指着我的眼睛在问。

"我觉得不会吧。"

"如果可以伸缩,再弯成需要的弧度,看看转角对面,会很方便、吧?"

如果可以的话当然和侦探一样方便,能用上的地方实在太少了。外加上我对她的设想实在毫无临场画面感。

且不论做不做得到,如果能做到这样的话应该挺帅的。

比如移动黑色的颗粒覆盖住从窗外透进来的月光留下的影

子,做出另一个怪物的影子。做出来的家伙就犹如游戏中的助攻角色,还能按照我的意志来行动,在学校里的侦查也会易如反掌。如果有这样的能力,还挺帅的。

"安、达君。"

被叫住的我,看了看身旁的矢野。然而她却看着我的斜后方。

"你还能、这样、啊?"

"分身、术?"

我转头,不知道她在说什么。那是,什么?

在我的身后,是和我刚才在脑海中想象出的一模一样的另一头怪物。和我不同的是,它的眼珠也是黑色。就在一秒前,它都应该并未出现。我看向窗外,月光从斜前方洒落。

总之我先无视掉一脸稀奇地凝视影子的矢野同学,用意念命令影子动起来。超越我,奔向前方。即便我还半信半疑,但试试总不会吃亏。

半响,影子就像我所想要的那样行动了。我尽量注意不要偏离想象,就这个样子往走廊的转角移动。

看着对我唯命是从的影子,我再次感到惊讶。没想到我真的有这样的能力。

一瞬间,就在我意识到紧靠移动影子也无法做侦查的同时,我的脑海中浮现了另一个视角。那是能看到走廊对面的台阶的,影子的视角。

这身体真是方便呀。

"走、了。"

"让它来放哨,我们前进。"

"来真的、的呀。"

是想说她提到的怪盗游戏吧。

"矢野同学,计划往哪里走?"

"音乐教室、吧。我想知道、半夜钢琴响、起来的真相。""真有这种跟七大不可思议一样的事情?"

"谁知道、呢,通常、会有。"

"信口开河。"

狠狠被吐槽,矢野的脸上又出现了美滋滋的微笑。不知道她在高兴什么。

我让影子侦查发现,从现在的所在地到音乐教师的途中没有人。

以防万一,我还侦查了走廊左右,也没有人。我不想看着矢野的猫背,于是走在她的斜前方。如果走在她身后,看上去可能真的像她的宠物。

上了楼梯,来到五楼尽头的音乐教室。

和进入我们班的教室时不一样,这次由我先进去,然后打开门锁。因为有隔音墙壁,本来就安静无比音乐教室里此刻充斥着更为静谧的空气。三角钢琴像个妖怪。仿佛吃掉一个人也绰绰有余。

"钢琴没有响、呢。"

那是当然。就算是在幽灵界,也没有哪个家伙能这么光明正大地出现还能留到现在吧。

虽然影子在音乐教室外面放哨,但就算有人来了也一定会逃跑吧。我无可依傍地立在那里,忽然听到了渐索的声音。黑色的

颗粒们如波涛起伏。回过头去,我看到矢野打开了钢琴的盖子,一脸演奏家的模样坐了上去。身体小小的她坐在那里,仿佛是小学生在做钢琴发表会。

"安达君是莫、扎特派,还是维瓦、尔第派?"

"……贝多芬派。弄出钢琴声太过了吧。"

"贝、多芬呀。"

矢野完全不听我的忠告,用她的小手敲击起键盘。还一连四次。令人不适的和弦响彻整个音乐教室。我当机立断地缩进扫除道具箱里。紧接着我意识到就算我被发现也是吓坏对方罢了,真正不太妙的是矢野,立刻出去。

影子还在音乐教室四周侦查。看来音乐教室的防音墙货真价实,一时半会并没有任何人来。

矢野毫不慌张地看向这里。

"这就是命运、的感、觉?""你说现在的是,命运?"

我呆若木鸡,随即立刻被她瞪了一眼。

"被发现了怎么办!"

她又美滋滋地笑,说着"是晚休,所以没有关系、哟"那样的梦话。

我本想发作,但又可得如果和她那样说什么都说不通的人生气,反倒显得自己傻,只能叹口气作罢。

"就算被抓住了,也别说出我的名字。"

"当、然呀。"

什么当然呀,毫不相信她的八只眼睛一双双看着她,她却移向了座位。和她白天一样我行我素。

音乐教室的座位也和班里的座位一样。矢野依从了这个排位规矩。

"安达、君,都听什么音乐、呢?"她问了一个朋友间才问的问题。

为了避免她再触碰钢琴,我用尾巴关上琴盖,

"没什么特别的。"

"都听谁的?"

被她凝视,我只好准备了和往常一样的答案。那种大家听过名字,但是不会太有名,虽然还算流行但也并非所有的人都知道名字的歌手。那种只要出了单曲就能进入茑屋的排名、班里好几个女生都叽叽喳喳嚷着去过演唱会的歌手。矢野嗯嗯地听着我的回答。

"矢野同学呢?"

我只是出于客套反问了一下,毕竟她看上去会喜欢那种比较有个性的音乐。而我们应该也无法理解对方。

"我、呢。"

矢野一脸高兴地说了一个组合的名字。仿佛在介绍一位秘密的昔日老友,笑得满脸溢满比自豪还要动人的骄傲。这样的表情,我第一次看到。

我被吓了一跳。矢野口中的组合名字，绝不是那种需要当做秘密的名字。可能全日本大多数人都知道那个名字，我甚至从小学起就知道。如果在朋友圈里认真地说起这个组合的名字，或许会有被人嘲笑"还听他们啊"的难为情。说穿了，他们过于大众、太常见了。

然而矢野却说她喜欢这个人人都知道的组合，用形容自己的宝物那样的口吻。

我惊呆了。

"这样啊。"

我随意接话，她立刻问："安达、君，也喜欢吗？"

"偶尔听听，还不错吧。"

我实在无法说出口。其实我至今都常常听这个组合的歌曲。矢野向我滔滔不绝地描述着这个组合的魅力。这首歌的歌词、这个部分、那位成员……这些其实我都知道。

就在她侃侃而谈哪张专辑最好的时候，她口袋中的闹钟响了起来。此刻的我，和昨天的此刻的我以不同的心情同样松了口气。

她摆弄手机停掉闹钟，站起来伸了个懒腰。

"结束、了。回、家睡觉、吧。"

我一言不发地用尾巴开门，让矢野先出音乐教室。然后用关掉班里教室门的方法关掉门。

"你可以先、走、哦。"

她对着这个从波涛翻滚的黑色颗粒回到原形的我说。我不知道矢野要怎么回去,也不需要知道。我如她所愿,先走一步。

虽说今晚来是为了完成交易,也没有友好道别的必要,但忒她视而不见好像也不好。我正在犹豫,她又美滋滋一笑。

"明天、也会来、吗?"

"……"

我并不想来,却无法干脆地拒绝,一定是因为这一次矢野将选择权交给了我的缘故。

我选择了沉默,打算往夜空中奔去。

只是,有句话,我想对今后恐怕再也没有机会说话的她说。我背对着她,尽量装作漠不经心:"体育课踢了你,对不起。"

"白天的事情,不要、在晚上道歉、哦。"

什么鬼,我好不容易下决心道歉。

果然夜晚还是应该独自度过。

周四·白天

我想，欺凌一定有其原因。有确切的理由，然后才发生欺凌。哪怕是行为性格这样的细节，也能算是切实的原因。当然，也不是所有的问题都出在被欺负那方身上。有时，是加害者，或者旁观者身上有问题。话虽如此，也分正当理由和非正当理由。而且并非有问题的都是坏人。

　　而关于发生在我们班的欺凌，完全是被欺负的那方的问题，是她不好。

　　就在刚才，矢野亲自往这种状况里纵身一跃。

　　我认识矢野是初二的时候。矢野反应慢，不懂察言观色，声音还莫名的大，说话的方式也很奇怪，班里的男生们和一部分女生暗地里讨厌她，然而这都不造成欺凌的直接原因，日子也一天天照常过去。总的来说，我们班的同学还是有基本的良知。

然而这样的良知，在初二上到一半的时候，因为矢野做的某件事情而被合理地吞噬掉了。

当时的矢野已经因为显得缺乏教养和常识而时不时被大家开玩笑。这应该是她和同班同学的正确距离。然而对她来说，却有个例外。

那天不知为何如此，又不知为何偏偏是在那天，矢野靠近了她在班里唯一没有接近过的绿川双叶的课桌。我虽然不知道两人的关系，但也能感觉应该不会很好。绿川是那种没人搭话绝不会主动说话的人，但比起绿川，大家不和矢野搭话，是明摆的觉得麻烦。

待遇的差异，或许让矢野接近绿川时怀带着非常强烈的厌恶感。因为比起经常和大家搭话却无人搭理的自己，大家更愿意搭理不主动和人说话的绿川。

总之，矢野忽然朝着靠窗的绿川的课桌接近，抽起绿川手中的书，推开窗，将书扔进了院子里。那是一个雨天，我还记得座位顺序。坐在绿川身后的井口等人一时呆若木鸡。

对于矢野来说，选错了对象也是个大问题。绿川是那种平时毫不流露感情、低调内敛的班级成员。她当机立断哭了出来，也顾不上责备矢野，只是一个劲儿地哭。由此可见那本被扔出窗外、被雨淋湿的书，她非常地珍惜。

然而，之后发生的事情才让人跌破眼镜。全班同学甚至懒得责备，直接将矢野当作罪人，变得厌恶她的理由，不仅仅是因为这本书对于绿川来价值珍贵。

而是因为，矢野笑了。就在绿川哭泣的时候，她没有道歉，而是美滋滋地笑了。

那天以后，绿川再也没有从家里带来过书，从此开始去图书室。这样的细节更加煽动了大家的情绪。

我看到被欺凌的人总是忍不住想，处事的方式太笨拙了。而关于矢野做的一切，更是如此。

如果能够聪明点，明明不会陷入被欺负的境地。我一边想，一边从视线的一角看着今天也在擦桌子的矢野。发生了什么第二天才明了。似乎，是桌子被撒了一堆粉笔灰。

"昨天没有出现怪物。"

笠井语气幽默，而我却在走廊上心虚迈步，心想，那是当然。昨天我径直来了学校之后，独自去了海边。

我假装对怪物一事很有兴趣，在走向理科教室的途中，向笠井打探必要的情报。

"没人用手机拍照吗？"

"有人拍到了！"

我掩盖住怦怦心跳，回他："呵，真厉害。"

"但是看不清是什么。所以我至今还没相信。"

我暗自祈祷最好是就此丧失对怪物的兴趣。原来如此，怪物的身躯无法被相机捕捉。我想起了《百变狸猫》[i]里的妖怪大作战。不管怎样，对我来说是有利的。如果无法被记住，那更是

---

i 《百变狸猫》是由高畑勋执导，石田百合子、三木纪平、野野村真参与配音的日本动画电影，由吉卜力工作室出品。

哪里都能去。

到了理科教室,人很好的理科老师已经在写板书了。我学着走在前面的笠井,和谁也没打招呼地走向自己的座位。理科教室的座位和班里编排不一样。六个人围绕均等的长桌被安置。我在 a 行[i],在入口处的位置,刚好成为身后吵吵闹闹的笠井那桌的挡箭牌。

我并不讨厌在理科教室上的课。我们一桌的其他五个人并不是那种爱惹是生非、引人注目的类型,都是我相对喜欢的成员。只要我应付好强加给我的组长职责,便能很轻松地度过上课时间。

但若是稍微斟酌一下班里的情况,我觉得恐怕应该改变一下本来的座位排列方式。

被笠井大声叫住的我正答应着,却见他的视线移向了入口处。我慢慢转过头去,明白了怎么回事,随后回到和笠井的对话里。

从入口处慢慢进来的,是绿川。今天也带了一本从图书室借来的、上课不需要的书。她往靠窗的倒数第二个小组走去。那里已经坐着趴在桌上睡觉的本田同学了。绿川在本田的对角线的位置坐下,翻开教科书、笔记本和借来的书。她的背脊今天也一如既往挺得笔直。

一会儿,上课铃响了。理科老师停下板书,微笑着转过头

---

i 此处指日语元音アイウエオ的ア,日本常用五十音顺来排位,类似于名字首字母顺序。

来说"上课吧"的同时,班委命令大家"起立"。

不知道是不是故意抓住了大家站起来的时机,教室的前门发出砰的一声,随即嘎吱嘎吱微微摇晃。对这不出所料的声音我早有心理准备,并没有太惊讶。上课铃响之前,最后进来的某个人故意锁上了门。

老师啊呀呀地指示离入口处最近的女生去开门。她一脸不耐烦,慢搜搜地把门打开。

敞开的门外,站着眨巴着眼睛的矢野,她一言不发地往自己的座位一路小跑。我看到她发梢上沾着类似粉笔灰的颜色。她自己却似乎并没有发现。

理科教室的空气中,充斥着全体同学内心的冰凉。大家鸦雀无声地看着前方,等待矢野拖着哐当哐当的脚步声到达自己的座位。

随着第二遍"上课吧"的发号,教室里的冷空气才渐渐被调和。我虽然没有看向矢野所在的方向,但也能想象到那家伙一定又在笑。

她坐在和绿川一样靠后的位置。

矢野是加害者,因此就算座位近、觉得难堪也没办法,她是自作自受。

与此同时,绿川呢,她从不外露感情。所以我担心她真的有可能很讨厌现在的座位,且增强对矢野的敌意。

矢野迟到的理由,是用二十分钟的休息时间去哪里睡觉了。一到了休息时间,她就找个相对安静的地方睡觉。虽然我知道她睡眠不足的理由，但不表示知道就要理解和拥护。这都是她自作自受。

算了，关于矢野的一切不要多想。作为组长的我胡思乱想的着，毫无知觉地去讲台领取了人数份的打印资料。就在其他组长也领好资料后，矢野哐当哐当地跑来了教室前方。我以为她没领到资料，结果是忘了课本。

她问老师可以去拿课本吗，但老师却发愣地说了句不合时宜的话。

"去取的时间太浪费了，今天就和旁边的同学一起看吧。"矢野一言不发地美滋滋笑着回到了教室的后方。还没等她回到座位上，老师便开始上课了。我看着黑板，没有回头。就算我不回头也能感受到后面发生了什么。不用回头，不想看到。

在理科教室上课比在班里好的是，视野里不会有矢野的身影。虽然无法完全屏蔽身后传来的声音。我听到这个声音，提醒旁边一直往后偷瞄的女生说，"别看啦。"听到我的声音，井口也意识到自己在看热闹，这才将自己的视线重新集中到眼前的资料上。我对井口没有再次主动伤害谁而感到些许安心。

在我们班里，造就矢野立场的除了她自己，当然还有加害方，但也有几个从不主动对矢野表达恶意的人。

首当其冲的便是井口。若放在一起比较，和矢野一样像个小学生的井口，其实是个对除了矢野以外的人都笑眯眯的温柔的人。

虽然井口尝试隐藏这个很正确的判断，但我知道，她对于矢野被欺负的事情很在意，为大家是不是做得有点过了而暗自着急。

然而她却选择了站在全班大多数人的那方。如果她能在内心彻底决断究竟要站在哪一方，或许会轻松很多吧。每当我看到她因为刻意对矢野视而不见而紧张起来的脸，总是这么想。同时，也觉得这么想的自己真是多管闲事。

理科课堂毫无波澜地顺利进行着。我没必要知道在我看不见的地方发生了什么。我和小组成员一起认真学习着基因遗传。

话说回来，校园生活本来也不会发生大事。损坏器具、有人负伤之类的算是极端，在我们班发生的无非是矢野的东西被弄脏或者被弄湿这种程度。她虽然常常被伤害，但也怪她自己过意钝感，或者事情本身就是意外。肉眼可见的暴力事件从未发生。这个程度的狡猾，大家还是有的。

所以，在理科课上发生的事情，也算不上什么大事。不是什么大不了的事件，是她真的太笨拙了。

回教室的路上，矢野走在我几米之处的前方。

我和她之间隔着好几个人。这个距离感并非偶然。是我刻意放慢了脚步，为了避免她此刻如果忽然下蹲也不会被我踢到。计划相对成功，这个距离感让我觉得很安心。

所以我才疏忽大意了。

那是在我和男生们聊昨晚的综艺节目的时候。矢野握在手里的笔袋里的东西扑通掉落在身后。黑白蓝色相间，应该是块橡皮。

我的视线清晰地捕捉到了这一幕,不由自主地轻轻"啊"了一声。这不太妙。我的声音,引起了周围视线的注视。

矢野今天没有下蹲。没有下蹲的必要。

她一定觉得,终于等来了这一刻。

是井口。

班里的几个女生们固定的小群体正走着,矢野正后方的井口,如放射条件一般,立刻捡起了橡皮。

就算她心里想着不行,也没能控制行动。

捡起橡皮的井口,自己也惊呆了。她与转过身来的矢野,面对面,愣了好几秒。

视而不见这回事,犹如习惯一般。就算最初是有意为之,习惯之后也能变成自然,身体会不由自主地给出反应。

看来井口还没有养成对矢野视而不见的习惯。

此外,井口却养成了看到掉落的东西便立刻拾起来的习惯。她内心大概常怀有毫不犹豫地立刻帮人捡起掉落的东西的温柔。

所以才会错帮矢野捡起来了橡皮。

井口和矢野面对面,一动不动。我们也不由得停下了脚步。矢野像个傻瓜一样地向井口伸出右手摊开掌心,兴高采烈地大声说,"谢谢、你。"

紧接着擅自从井口的手中一把夺过橡皮,转身踏上阶梯。

我不知道井口那一刻是怎样表情。

只是，我在紧接而来的下一秒瞬间，听到了她在对谁说着"不是那样的"。

我立刻知道了她是在对谁说，是对着站在矢野身后，眼神里仿佛又发现了一只蟑螂般的两个班上女生说。

一瞬寂静在走廊上降临。仿佛是神灵为了留给井口一个为自己辩解的时间。然而，她什么都没说。也说不出口吧。

随后，魔法消失，时间的齿轮开始转动。前方的女生们一边说着什么一边往教室走去，我们也紧跟在后。矢野不知所谓地握着笔袋自顾自地往前走，井口一个人愣在原地，被所有人抛在了身后。

她不要紧吧。

而事实证明，我的遗憾和担心并非杞人忧天。

是那天放学后。在矢野和往常一样自言自语说着"明天、见"离开教室之后。

井口被班里的女生围住了。

她们把她围在教室的角落，所以也不知道究竟说了些什么。但能感觉到井口带着哭腔否定着什么。

真的太笨拙了。我一边做回家的准备一边想。

井口也是。

我不会蠢到介入女生之间的是非，于是和笠井他们一起离开了教室。

走出走廊，错开教室之后，笠井回头看。

"小井做什么了吗？"

原来如此,那时候笠井不在。

"井口碰巧帮矢野捡起来了掉落的东西。"

我尽量在用井口没有做错任何的语气传达,笠井以外的家伙们笑着说:"她还真敢摸矢野的东西呀。"

笠井做出一个"欸"的嘴型说,"嘿,有过这种事情啊。"

并非因为井口的行为,笠井是对矢野这个名字面露厌恶,刚走到鞋箱附近的他忽然说,"对了,要不要去看看棒球部的活动室?"

"棒球部?为什么?"

笠井笑着回答我直率的疑问,"咦,不是听安达君说的吗?"

"是我记错了吗,昨晚,棒球部的活动室的窗户破了。就在昨晚。"

"在晚上?"

"哦,可能是有恶作剧的人用石子砸破了玻璃吧。"

夜晚,恶作剧,棒球部的窗户。

呃,难道是?

"嗯?这个表情怎么了,难道安达君其实是犯人?!"

看着笠井开玩笑般坏笑的脸,我立刻控制表情,做出不高兴的样子。

"谁要做这种事?还有这样的蠢货啊?"

是的,我全身上下传来一阵不祥的预感。我搞不好知道那个愚蠢的坏人是谁。

昨晚,我进教室之后,那家伙不在。

那时，她真的只是去埋葬可怜的青蛙了吗？不会打了场追悼赛吧？

怀着没必要的提心吊胆，我们换上运动装和运动鞋往棒球部活动室走去。

棒球部的活动室位于操场的角落，与足球部、橄榄球部的活动室设立在一起，远远看去能看到很大的一排建筑。走近一看，窗口被盖上了往常没有的纸板。这时，从里面出来的人刚好是笠井的朋友，问了才知道，纸板是早上社团顾问给贴上去的。

我打算回家，不是因为有所期待所以觉得扫兴。我和路上遇到的几个同班同学们打招呼说着"辛苦了！""明天见""嗯"之类的，来到升降口，视线的下方恰好嚼住一个娇小的女孩的身影。

此刻，面对完美地诠释着"意志消沉"这四个字的她，我不知该如何搭话。就在我介意旁人的眼神时，身旁的笠井忽然挥起手说："小井，辛苦啦！"

听到笠井活泼的声音，井口仰起头无力地笑着回"你也辛苦了"。怎么看都是她更辛苦吧。

娇小柔弱的井口，苦笑得令人心疼。

笠井装作若无其事地挥手说出"明天见！"。不愧是笠井，井口不知为何加深了笑容。

和井口分别之后，笠井有些担心。

"之前的事情，希望别变得太复杂啊。"

接着笠井笑着说,"井口和那家伙又不是一伙的。"
　　我也希望自己能像笠井那样。然而想归想,我终究还是什么也没做。

周四·夜晚

虽然知道是我的自以为是,但我的确对矢野感到生气。那时,要是她没有拿着笔袋,井口同学就不会遭到大家的责备。话虽如此,我去学校也不是——不仅仅是为了责备矢野。

我对另一件事情有些好奇,关于棒球部。如果万一她是砸破窗户的犯人,那更严重。一般来说这算是犯罪。

到了学校,我从后门的缝隙里溜进教室,矢野正在黑板旁的垃圾箱里翻找。我不知该如何跟一个翻垃圾箱的女孩搭话,只能等她注意到这边。

过了一阵,两只手里拿着什么薄薄的东西的矢野注意到了教室后方的怪物,不由自主地"哦嘿"一声。

"哟!"

"……什么嘛,来了、呀。"

和我打招呼的时候,矢野随意地扇着手里类似于笔记本的东西。

若她能像平时那样美滋滋地笑笑,我倒也觉得来得值得了。然而她却一副我不来更好的语气,让我窝火。不,我倒也没有期待过她的笑容。

"安达、君,是火焰派?还是闪光派?"

真的够了,赶紧回家吧。我本来打算着转身要走,她却又丢来这种奇怪的问题。火焰,闪光。游戏?

"火焰类魔法?……我是召唤火焰派。"

"这是、什么?"

"哈利·波特。"

"哇,那你、可以做到吗?"

"什么?"

"喷、火。"

"不能。"

听到我否定,矢野意外地流露出遗憾的表情。什么鬼。

该觉得不爽的明明是我。我这么想着,琢磨她表情中的深意,转念意识到了什么。关于笠井口中怪物出现的传闻。矢野或许也是听了这个传闻,觉得我是那个怪物,然后觉得怪物肯定能喷火。

"喷火来干什么?"

"烧、掉这个。总、之,我们去屋顶、吧。"

矢野和往常一样,还没等我回话就出了教室。我没办法,只能锁上门。次次都如此厚道,我都佩服自己。

来到走廊，那位比我先出来的同学没等我就独自上了楼。乖乖跟在后面的我可能不仅是因为厚道，还因为我是个老好人。简直无语。

以防万一，我让影子做好了准备，相安无事地抵达了屋顶。

轻松打开顶楼的门锁，凉爽的晚风抚遍我的全身。虽然前天也来过，但深夜的楼顶总有一种能将我们吞噬入内的快感，令人身心愉悦。

"吸烟不、太好、吧。"

矢野指着角落的烟蒂说。

"嘛，只要不被发现还好吧。"

"但是对身体、不好、吧。"

话是这么说，但大人般讲着大道理的矢野让我有些意外。虽然我觉得吸烟的家伙肯定是那些带头欺负她的人，但也没有说出来的必要，于是我闭上嘴。

"那么，喷、火吧。"

"不不，我说了我不会喷火。"

"试试、看？"

被她这么一试探，我才意识到自己从未有过尝试的念头。

"试、一次吧。啊，我也没、试过，我也试、试。"

矢野将两个笔记本扑在地上，再将手覆盖在上面。她用手臂微微发力，嘴里"哼、哈"地叨念着，中途还不知为何屏住几次呼吸。像个笨蛋一样观察了一会儿，终于察觉到了自己的无能为力，说着"啊，果然不行"，瘫坐在地上。双肩似乎因为真的努力发了力的缘故微微颤抖。

"接下来,轮到安、达君啦。"

"欸?!"

我逃开她期待的目光,将视线集中在笔记本上。每一册笔记本上的封面上都有油性笔的涂鸦。

仔细一看,笔记本上写的并非笨蛋或者傻瓜那样傻得可爱的坏话,笔记本上洒落的,是无论是谁看了都会深深觉得受伤的恶意。

"如果喷出火了,真的可以烧掉吗?"

"可以、哦,两个笔记本、都全部、写完了。"

即便如此搞不好以后某天会用上吧。

"我扔、过一次,但觉得还是烧、掉更好。"

原来如此,垃圾箱里翻找的笔记本是她自己的。

笔记本是什么时候被乱写乱画的呢?但想必谁也不会有等她把笔记本用完再去乱写的温柔吧。

就在我思考着毫不相干的事情时,有人催我快点。矢野似乎非常相信我的能力,开始和笔记本保持距离。虽说不是我的本意,但我也对笔记本心生怜悯,觉得火葬它们比较好。于是我试了一下。

毕竟我弄出了影子,无法否认我对自己也能弄出火来这回事有所期待。

我和昨晚一样,试着调动想象力。

喷火的时候,应该要集中全身的力量。紧接着怪物体内的黑色颗粒需要像引擎一样转动，发热。终于，颗粒们被点燃，接着汇聚成熊熊烈火，从我的口中一涌而出。

突然，我的面前出现了强烈的光焰。

"呀，好热、啊！"

从我嘴里喷出的火焰和想象中一样强烈，差点蔓延到了矢野那边。我赶紧慌张地像要吞掉火焰一样将火焰收入体内。于是，火焰收手，回到了我的体内。

楼顶再次回到与月光抗衡的黑暗里，在黑暗的中央，是那两本被烧得漆黑的笔记本。

我们面面相觑。

"哇、哇，太厉、害了！"

我的八只眼睛不由自主地和在角落眨巴着眼睛定定看着我的矢野对视。

"真的假的……"

这完全出乎了我的意料。虽然我有所期许，但没料到真能成功。

我是怪物。

能喷火搞不好就和真的怪物一样，能够毁灭整个城市。我的体内还残留着火焰的余温。情绪有些高涨。

"好、厉害，安、达君，是怎么做、到的？"

我是怎么做到的？

"我就是想象了一下，大概是这个感觉，就做到了。"

我看着战战兢兢地靠近的矢野的眼睛，如实说道。

她一动不动地瞪着怪物的眼睛。

"靠想象力，什么都、能、做到啊。"

"靠想象力……"

真有这样的事情吗？好像跟会魔法似的。

矢野狠狠地将烧掉的笔记本踩成黑色的灰烬。貌似已经完全被我碳化。

矢野尽情地将碳踏成灰烬，然后退后一步，直愣愣地看着我。

我以为会喷火的怪物令她觉得可怕，然而并非如此。

矢野的瞳孔里，有着和刚才截然不同的色彩，那是名为羡慕的颜色。

居然羡慕一个怪物，她果然很奇怪。

我肯定并非如她所说，无所不能。

就算我能做到……

我越想越觉得有些恐怖。

若问我害怕什么。

"……安、达君，那个……"

我是害怕她若觉得我无所不能，便想寻求我的帮助。

"对了，矢野同学，知道关于棒球部的事情吗？"

因此，我岔开话题，提起来学校的真正目的。

"嗯？什、么？"

"棒球部的窗户似乎被人砸破了。"

"啊，好像有听人说、过。"

"是的，那个……"

我话音刚落,她便咯咯笑了起来。她噔噔地踏着那些灰烬。我正想着她为什么忽然疯了,她却指着我说,"你觉、得我是犯、人!"

被她说中了。正是因为被她说中,我才觉得不寒而栗。

"啊,嗯,是的,我想该不会……"

"我才不、会、做这种事情、呢。"

矢野露出了今晚第一个美滋滋的笑容。

"如果为、了报仇、做这种事,岂不、是和那些人、一丘之、貉。"沦为一丘之貉。

也就是说不想和元田他们成为一样的人。不想成为那样,说明在矢野心里,那些行为其实是恶劣的。

"不是为了自己报仇,是为了青蛙报仇之类的呢?"

"也不、会。我不、知道它心、里怎么想的呀。不会、做这种蠢、事。"

我无言以对。虽然此刻思绪万千,但我对矢野的每个行为背后的深思熟虑感到惊讶。如果会思考,为什么平时的行为不更加经过大脑?同时我意识到,原来笔记本上诽谤中伤她的那些言语其实都没中要害。

虽然,我大脑里丝毫没有肯定她的想法。

"啊,又、在怀疑我、了吧。"

"啊不是、没这回事。"

"那——么"

矢野这次的笑脸不是骄傲,而是精打细算着什么。

"我们去抓、真、凶、吧。"

"……嗯?"

真凶?这种词语,我只在侦探漫画里见过。

"安、达君,柯南和金田、一、的话,喜欢谁?"

"食脑奈罗派。不,我没有再怀疑你了。不是叫你证明自己去抓凶手。没这个意思。"

"我很喜、欢、弥子。"

"哦是嘛。"

这个人原来也看《少年JUMP》周刊啊。我惊讶于自己和这个奇奇怪怪的矢野的共同点还挺多。

"为什、么放、弃呢?"

"反正不就是某个蠢货砸坏了窗户吗?"

"原来是、靠近公路那侧的玻璃碎了、啊。"

被她一说,我才意识到自己未经思考的发言。对了,砸碎的是靠近操场的那侧窗户。亲自去现场看过的我竟然不如这个矢野想得深入,我觉得有点难为情。

"总之,我们去、现场看看、吧。"

我本想告诉正在兴头的矢野这一切毫无意义,忽然听到耳边传来一阵呼吸声:"深呼吸很重、要。"……真的够了。

"去操场肯定会被发现吧?"

"没关、系,反正现在是晚、休时间。我们沿着、墙壁、走,就不、会被外面的人,发现、的。安、达君可以藏进黑暗里对吧?"

"……呃,我也要去?"

"话、说明天是个雨天、吧？"

这家伙一如既往不听别人在说什么。

被她忽略的我，早知道也对她视而不见好了。但我连这也做不到，只能怪自己是个老好人，无法责怪他人。

明天是个雨天，那矢野同学也应该不会来吧。我一边想一边准备好我的影子，从楼上走下来。今天是最后一次了。就给她点甜头吧。

去的途中，她把室内鞋踩出声响，被我提醒之后就嘻嘻笑着把鞋脱下来套在两只手上，啪啪地拍起来。我又提醒了她一次。这人是小学生吗？

从哪里出去比较安全呢？我从刚才开始忍不住思考。"你平时是怎么进到学校的？"

"穿、过正门，再从换鞋的地方进、来。"

"我不是问你白天上学的时候。"

我明明在补充我的提问，她却一副完全没听的模样嗖嗖地走在我的前面。我下楼前，先让影子悄悄去确认了下面没人。还好，避开校警抵达了一楼。接下来如何是好呢？警务处在连接走廊的另一栋楼里。平时是老师或者接待访客的入口。的确，从这里走能够避开正门和换鞋处，说不定刚好。

想着想着，我们来到了平时换鞋的地方。啊对了，和光脚的我不同，矢野必须脱下室内鞋，换上运动鞋。

在一旁等她的我听到她旁若无人地将鞋箱弄出声响，忍不住生着闷气，只见她换好鞋后，径直走到门口试图打开门。正门难道不是应该锁着的吗？而她将我的谜团和本来锁好的门一起抛在脑后。

意思是门没有锁上？

为什么？

"为什么门没锁呢？"

"我来、的时候也没锁、哦。"

"竟然有这种荒唐的事。"

这个忽略我的吐槽的笨蛋，一颠一颠地往操场走去。我吐槽说就算这里离校警室远，但校警巡逻的话会被发现的，她听见后一边说着"真啰、嗦"，一边缩着身子沿着教学楼走。我真想用黑色的颗粒将这家伙的嘴堵住。放弃完全是因为担心她因此窒息，毕竟我从来没以妖怪的身躯去触碰过人类。如果她像我一样将黑色的颗粒吞了下去，不知道会发生什么后果，该怎么办？

我们贴着教学楼的墙壁，穿过体育馆，往社团活动室的地方靠近。我们透过楼群之间树木的罅隙确认了一下破掉的窗户。毕竟没有回到原状的可能，仍然有纸板挡在那里。

"有点、太远、了，看、不见。"

"就算到了，现场狼藉也早就被收拾好了吧。回去吧。"

"犯人会、再回到现、场的。"

"就算回来也不是现在。"

"你喜、欢哈利、波特吗？"

矢野背靠着屏风，满脸自信，似乎是觉得按照对话的内容现在聊这个准没错。

我忍住想挠头的冲动，内心放弃了挣扎，坐了下来。

"因为很流行，父母买了，家里有。"

"欸，原来你不、是电影、派，是DVD派、啊。"

"……我是看书派。"

这是我的真实答案，没打过腹稿。虽然不是什么大不了的问题，但我内心还是泛起一丝踌躇。

原因是，如果被追问看什么样的书，我从未料到会被班里同学问，所以也没准备好答案。

矢野用很惊讶的语气，大声说："欸——！"

"安静点。"

"你读着那、种砖头、厚的东、西啊，真厉害。"

"没读那种！"

但是《哈利·波特》很好读，也很有趣，于是读完了。为什么这个知道大谈特谈自己热衷的事情、只会让对方困扰的我，没有补上这句呢。

"我可、不会想、要看书啊。"

我正想着眼前这家伙一看就不是要看书的人，她倒是自己招供。啊不，"招供"这种词语好像是我真的跟着她玩起了侦探游戏。我需要订正。她倒是自己先开口了。

"如果要看就、看电影，书上全是、字，看久、了眼睛、很酸痛，而且还很、花时间，如果要、花那、么多时间，还不如看、画有、趣。"

"……小说也挺有趣的。"

听她说出反对意见,我心想糟糕,是不是被自己搞砸了。而听到我回答的她却摇头晃脑地接了句,"这样、呀。"

我还在对刚才蹦出口的对话胆战。第一次有些庆幸此刻在这里的只有她。我一定是因为夜晚和变成妖怪才觉得内心慌张。如果是白天,我明明可以隐藏起自己的意见,避免和他人的意见冲突。我不知不觉变成了一个强烈主张自己兴趣的人。

"只是一个、劲儿看、文字,容易、变成傻、瓜吧。"

矢野像是唱歌一样,将这句话投掷进茫茫宇宙。

我暗想,这该不会是在暗指班里的某个同学吧。

这么想的话,矢野同学所谓的晚休,偷偷潜入学校,估计也和那个一个劲儿看书的同学不无关系吧。

是绿川双叶。矢野从那之后是怎么看待她的呢?虽然我对这件事说不上有多么兴趣浓厚,也不是想要去解决问题,便控制住自己不去搅和这件事。

结果,我们一直在那里待到矢野的电话闹铃响起,但犯人并没有出现。以及我都说了怕被发现调成静音,她直到电话响起来为止也没行动。

"如果被发现了,我可不管你。"

"真、烦啊,有校、警在,没事、的。"

我都说了很严重的。虽然不知道值班老师会不会来,但是这种被抓住的话比被校警抓住更惨吧。然而我已经渐渐开始意识到,这种话跟矢野说也没用,所以我选择了沉默,没想到这家伙却来劲了。

"神经、质,神经、质。"

我对她这半开玩笑的语气相当生气。所以我说出来刚才在换鞋处憋住的某句话。

"是矢野同学太神经大条了吧。白天的时候,井口同学明明是好心帮你捡了橡皮,你却那样的不管不顾。"

"不要谈、论白天、的事情。"

我走在矢野身后没有和她对视,身体那些黑色颗粒宛如立起的毛发,开始激动地动起来。

再过一会儿,这份激动恐怕要惊天动地。

"一、定。"

矢野说出口的话语抑制了我的激动。我是个会聆听他人的怪物。

"小井、一定是个好、人。"

"……"

什么嘛,原来是说这个。这我当然知道。

之后我们一言不发地走,抵达了学校门口。不知为何,校门也开着。

我们简单告白后,离开了学校。我正准备朝着大海的方向,向天空奔去,却注意到矢野停在学校门口的自行车。我原本担心她这么晚一个人要不要紧,但看到她又笑得一脸美滋滋,于是作罢。

一刹,她消失于夜晚。

周五·白天

在我们班里，矢野同学之所以被欺负，可能和班里同学的团结少不了关系。

第二天，果真如同矢野所说从早上便开始下雨了。

下雨天，我撑着伞去上学。虽然想和往常一样骑自行车，但撑伞骑车会被老师啰唆，而同伴里也没有穿雨衣的人，会显得格外引人瞩目。

虽然这样去学校路上会多花点时间，但对于不需要睡眠的我来说，也不存在早起的艰难，于是我打算吃个早餐，慢悠悠去学校。我今天比往常更觉得饥饿，吃掉了四块土司。是不是因为喷过火的缘故呢？

我听着装满流行音乐的耳机里传来的歌曲，不知不觉间抵达了学校。

下雨天，不仅有那种父母开车送来上学的孩子，还有我这种徒步来的学生，所以拖到快迟到才来的人很多。我相对来得算早，门口换鞋的地方相对人少。

我在室外甩干雨伞的水滴，叠好伞才进来。

面前站着从头到尾湿淋淋的矢野。

出乎意料的相遇一定让我表情僵硬。拧着裙子的水的矢野看着我，美滋滋地笑着说，"早上、好。"

矢野总是习惯跟班里同学不必要地打招呼。明知如此，我还是不经意有一瞬间愣住了，身边没有任何班里的同学实在算是我走运。

"雨伞、被人拿、走了。"

我好不容易在她诉说完自己的悲惨遭遇之前回过神来。移开目光，我将眼神投向自己的鞋箱处。

在我视线的一角，就算视而不见，也知道矢野仍然露出了一个美滋滋的微笑。我正想着这家伙果然很奇怪，忽然耳边传来一阵声音。

"矢野同学早上好，借你毛巾擦擦，来保健室吧。"

"谢、谢老、师。"

原来如此，是能登刚好上班。感谢她的及时出现。这样的话，我不想和她有任何纠缠的愿望与不想看到她全身湿透的愿望都能实现。万岁万万岁。

到了教室，果真半数以上的同学都来了。先来的以声音洪亮的高尾为一组的男生们，还有以昨天责怪了井口的以中川为主的女生们，他们正兴高采烈地谈论弄坏班里同学雨伞的事情。

我装作没在听的样子,将伞装进柜子里。

如果一动不动地坐在座位上会被担心身体是不是不舒服,于是我和坐在旁边的工藤聊了聊昨晚的电视剧。是某部有些千回百转但其实很俗套的恋爱剧。听说很流行,我就从第二集开始看了一下。说实话,看到现在不知道这部剧哪里好,但实在无意反驳提起这部剧就露出虎牙称赞的女生好友们。

过了一阵,笠井进来了。他以一种绝妙的方式向全班同学打招呼,我也跟着伸出手来。不知道是不是暗暗计算了时机,就在笠井去柜子里放包经过我旁边的时候,我接着情绪激昂得像在罚以天诛的高尾说:"那家伙在换鞋的地方全身湿透了。"

大家顺着我的话音笑了起来。太好了。我感受到了雨天所带来的异常感和班里同学莫名高涨的情绪。毕竟我们关上了窗子就是为了避免淋湿,教室立刻有了种秘密基地的感觉,班级比往常更有了团结感。

我曾偶尔听到老师们谈论说,我们班相对来说,是个很好的班级。

如果排除矢野的事情,的确是这样。我能明白老师们的意思。虽然我们班也有元田那种偶尔乱来、轻微违反校规的人,但绝对没有使用暴力或者闹到警察局的家伙。因此我们的班级真的还算不错。

团结。如果将矢野算作一颗老鼠屎,那么剩下的人无疑有着不让老鼠屎坏掉一锅汤的大义凛然。所以这是个不错的班级。

"要是让绿川看到就好了。"高尾说。

我也接了一句"是啊"。

虽然并非想让矢野成为牺牲品,但闹成这样也是矢野自身的问题。是她自己的行为所引起的。导致这场欺凌的源头竟然是绿川,只能说矢野实在是在笨拙了。

其实,她对绿川做的一切之所以糟糕,并不仅仅是因为大家都非常喜欢绿川。

"早上好!"

忽然看到笠井笑容满面地对着教室后方打招呼,我回头看,恰好看到了来上课的绿川。她轻轻地"嗯"了一声,而我们却顺着她的回应简单地打起招呼。不知道在绿川心里是以什么频率和规则在回应,总之她又回了一个"嗯",然后回到了自己的座位。

单独得到一个"嗯"的笠井虽然不想被我们发现,但还是能看出他脸上露出了比刚才更甜的笑容。那不是对我们所展现的那类微笑。太明显啦。在大家面前。

笠井,毫无疑问是这个班级的中心人物。在这个以对矢野的敌意所聚集起来的班级里,他站在最中心。

然而,笠井对从未对矢野有过实质上的报复。

笠井和矢野的关系,无非是在这个班里,笠井是对矢野最生气的那个人。

这个集体有意识,对矢野来说无疑是场悲剧。

团结一心。

"早上、好。"

在视线的一角，被或许是从保健室里借来的宽松运动衣所包裹着的矢野美滋滋地笑着登场了。谁也没理她。取而代之的——这么说可能也有些奇怪——是高尾那响亮得全班都能听到的咂舌声。矢野带着这个笑脸抱着书包，来到自己的座位上，刚坐下就"呀！"地一声站起来。最终投以目光，缺见她红色的运动裤的屁股的部分湿了。想必是我进来之前有人恶作剧了。矢野"欸——"地一声后，用这借来的运动服的袖子擦了擦凳子，然后坐下了。

恶作剧的应该是高尾他们吧。如果是他的话，刚才提到雨伞的话题时肯定也说到了。犯人是其他人。

班里除了某个人（我）以外，大家无论白天夜晚都是人类。人类不会像机器一样全部做一模一样思考。

大家虽然对于矢野的态度各有不同，但大致可以分成三类。

第一类是明目张胆站在加害方的人。元田，高尾，或者昨天责备井口的那群女生。

第二类是虽然敌意很明显，却比较能控制自己，只有矢野接近的时候才会表现敌意或者悄悄使坏。在我旁边变的工藤就是这类。这类人应该是班里最多的。

第三类是，虽然觉得矢野不对但不会自己主动欺负，决定对她尽量做到视而不见的人。井口或者笠井，还有我算在其中。是比较稀少的一群人。

除了矢野和绿川，班里的人大概能按照这三类来分。把矢野的椅子弄湿的应该是第一类或者第二类，尤其是第二类，和元田高尾不一样，藏在暗处，对矢野来说是最危险的。

但其实也无所谓是谁做的。就算行为不同，大家的动机却几乎是同样的。除非是自告奋勇报上姓名，不追查真凶是这个班级的潜规则。我还想起了初一的时候，有老师说过，打朋友小报告是比欺凌更恶劣的事情。虽然这个理论是否正确也因人而异。

临近上课铃声敲响，教室里的座位渐渐被填满。教室里的确比起往常多了一些喧闹。我张望还没人的座位，发现今天井口没有来。

这是少有的事。井口总是会提前来学校，和几个关系好的同学说悄悄话。之前的雨天我有见过她坐父母的车来，但即便如此，也太晚了。

我一边和工藤聊着决定报考的高中之类的话题，一边担心着井口。不知道她是否还在意昨天发生的事。

上课铃终于响起，临近上课才冲进来的是刚结束晨练的元田，以及捧着从图书室借来的书的绿川。他们刚就座，班主任便赶紧来，随即学习委员发号施令。

就在"旷课"这个词语在我脑海中一闪而过的那一刻。随着一句轻声的"不好意思"，井口从教室前门进来了，坐在我往前数三个的座位的她，在大家的上课起立声中入了座。

我看着井口的书包上总是挂着的龙猫钥匙链轻轻摇晃，忽然觉得松了口气，同时，我也明白了为什么。井口一定是故意选在这个时间进来的吧。她应该是害怕早晨那段时间会继续被昨天的事情所纠缠。

"今天的值日生是安达和井口。"

刚坐下来的井口正准备松一口气,却被叫了名字。对了,今天是井口值日。我们班第一堂课在别的教室上时,会将教室的钥匙交给值日生。今天的第一堂,是音乐课。我站起来,对老师说着"好的好的",摁住正从书包里掏出课本的前桌的井口,上前接过钥匙。连说两遍"好的"是为了不想显得我在耍帅。

我转过头去,对井口唇语般的一句"谢谢"报以微微一笑,她匆忙开始准备上课,我无意识地看着她,经过她的座位。

就在那刻。

她像痉挛一般抽搐着敲响了课桌。

教室里安静了一秒。笠井幽默地说了一句"什么那么突然吓我一跳——",事情被掩盖而过。

所以,或许,注意到这一切的只有我。

井口之所以使课桌与地面碰撞出激烈的声音,是因为她不停颤抖的手啪地砸响了课桌。

我拿着钥匙,走到最后一排去坐下,感觉自己的胸腔天崩地裂。

那是什么鬼。

我不小心看见了。

井口试图从课桌里拿出的笔记本。紧接着,看到笔记本封面的她,猛地用手掌遮住了封面。

我没有看错。

那和我昨天烧掉的矢野的笔记本一模一样。

在井口的笔记本的封面上,被油性笔写下了漆黑的、残忍的话语。

同伴,意识。

直到班会结束,走出教室,我猛烈的心跳都没有减缓。

"小安,怎么啦?肚子痛吗?"

一天下来,我都在试图隐藏早上的震撼,打扫的时候却让笠井担心了。不想被发现自己的异常,于是我装作一脸疲惫地说:"做了一整天值日生累了。为什么一轮到我就是音乐课和体育课。"

从那之后,每当看到井口都觉得她一脸消沉。然而谁也没留意这样的她。在井口的笔记本上乱写的十有八九是昨天责备她的那群女孩中的某个,或者全员。那些家伙似乎本来就在孤立井口,而其他人以为井口是因为昨天被责备了所以很消沉,没有太在意。

总而言之,谁也没想过要去安慰她。

帮助了矢野,被惩罚也是咎由自取。

考虑到这个份上,我也没比平时多找她说过两句话。制裁、杀鸡儆猴,究竟要做到什么程度,可能每个人的拿捏的尺度都不同,却都想避免自己的立场显得像在包庇井口。所以没办法。

第五六节课结束后,是放学前的班会。今天除了矢野被无视,井口很低落以外,没什么特殊事情,班会最后以下周的联络事项和老师常说的"你们是考生啊!"而激昂结尾。

明天放假，想到这里觉得轻松了不少。

告别后，有社团活动的和准备去玩的人早早离开了教室。放学后的教室里，若在平时还有些人留下，聊着天或者偷偷吃零食。然而今天，也不知道是不幸还是万幸，总是闲闹着留在教室的笠井他们去了食堂，其他人也一个个出了教室。

一会儿工夫，教室里就只剩下当值日生的我和井口两人。

平时和井口关系好的那群人，也因为怕卷入任何麻烦而早早离开。这个判断还是蛮正确的。我也察觉到不能轻易去触碰井口那无法名状的部分。在这种节骨眼上，良心之类的毫无意义。

我俩认真地做了一会儿工作，却也觉得这样无声的沉默实在有些奇怪，于是我为了找点无关紧要的话题来打发时间。

"好像有怪物出没哦。"

井口一脸惊讶，不知道是对"怪物"这么蠢的词从我嘴里进出而感到惊讶，还是对我找她搭话而感到惊讶。

她虽然一言不发，但看向了我，于是我移开目光。

"最近很多人都在传。晚上往外看，能看到黑色的巨大的怪物在走。就算用相机拍也拍不下来。"

我想她至少应该给点反应吧。然而井口却什么都没说。所以我偷偷瞥了她一眼。随即无比后悔。

她看似痛苦地，笑了一下。

"谢……谢。"

这断句有别于矢野的说话方式，是话语哽咽。我不知道她为何谢我。

"谢什么？"

"为了逗我开心，安达君竟然能讲这样的笑话，真让人意外。啊，不是说为了让我开心很意外，是说原来安达君会说'怪物'这类非常孩子气的话题。"

看着她脸上的苦笑，我觉得我搞砸了。

我之所以能接受怪物这样的设定，因为有我就是怪物这个前提在。连笠井也说过不相信，是作为男生们之间的一句傻话在聊。

在这个节骨眼上，对于完全不知道怪物的真相的井口来说，当然只会认为我是没话找话。

井口仍然带着那样的笑脸，声音微微颤抖地说："被你看见了是吧？"

我的心脏像今早一样怦怦直跳。

"……你也别太在意了。"

我也知道这是句毫无意义的安慰。如果大家都能不在意不需要在意的事情，每天能生活得更开心吧。正因为做不到，所以才如此痛苦地活着。

"很快就会过去的。"

即便如此我也只能继续说点什么。沉默与弥漫在井口心中的情绪实在令人恐惧。无论是前者还是后者同样令人难以消化。

"嗯，但是，没办法。"

没办法，全班的所有人对于井口的境遇，应该都是这个感受吧。然而竟然连本人也这么想，令我有些意外。没办法，没办法,因为自己不小心帮矢野捡了橡皮所以没办法。违背了全班的团结所以没办法,就算被责备,就算被惩罚,也没办法。

无数叠加在一起的没办法。不是没有人在意,而是大家装作没看到罢了。想到就连今天早上看到井口遭遇了什么,却还是决定不插手的我,仿佛是因为被谁监视着。

原本应该是这样想的。然而我的情绪却没有完全被控制。

"没办法,我也一样。"

井口的呼吸变得比往常更深长。

"我也对矢野做了同样的事情。"

"……视而不见?"

井口摇了摇头。

紧接着,她告诉了我昨天我们离开教室后发生的事情。在那之后,井口被女生们逼问,说她想装好人,就算她解释不是这么回事还是被责备。接着最后,让她证明自己也觉得矢野不是班级里的一员,在矢野的笔记本上写上那些话。她无法拒绝。所以就算她遇到同样的情况也是没办法的事情。

我听完,无话可说。

井口似乎没有想过这会是意识到谁是犯人的矢野所做的报复。而且我还发现,她对我说着说着,变成了在向矢野道歉的口吻。平时无法对矢野道歉的那些话,在只有我们两人的此刻,不禁流露。

我不觉得井口和我说了这些会轻松一点。

因为,我听着听着忽然意识到,在这个班里,和大家格格不入的,是井口。

井口最后说的那句话,或许是因为此刻只有我们在所以放松了警惕,也或许是自暴自弃。在这个教室里说出了不该说的一句话:

"大家对矢野做着很过分的事情吧,很奇怪呢。"

我语竭,停止了和井口的对话,重新开始做值日。不是我想忽略她,而是没办法。

如果能在两者间坚定自己的立场,该多好。

周五·夜晚

晚上我尝试了一下侵入百货商店。想起小时候，在关店后的百货商店里冒险是我的梦想。没想到，还有变成这副模样实现这个梦想的一天。

我想着反正也不会被监控器拍出来，所以大摇大摆地在店里走。话虽如此，但也得把身体弄成大型犬左右的大小，否则把巡逻的保安吓坏了可不太好。

这个连逃生口的灯光都有些害怕的我，一边觉得逃生口绿色的灯光诡异，一边从楼梯上下来按顺序参观店铺。

只是，和我想象中没太大差别，这里和白天的百货店比起来没什么不同。主题公园的话，会不得不晚上准备的施工，所以职员们晚上也会在，而这里却没有。途中除了在楼梯间拿着手电筒巡逻的人以外，也没有什么可怕的事情发生。

梦想或许还是梦想的时候最美。还是出去吧。身为怪物的我也没有什么避身之处。接下来去哪里好呢？如果真想跳，或许也能跳到附近的外国去。首先在国内旅行，然后再去国外怎么样呢？

我的脑海中无数的景致闪动，我在时间和光鲜仿佛已经停摆的空间里走动。

我应该是下到了三楼或者二楼。

在那里我不自觉地找到了某个商品的柜台，伫立于此。

不知是因为雨天，还是因为快要进入梅雨季的缘故，或者是其实和以往没有什么差别，在那里大量排列着的女性雨伞，不知为何我在夜晚视力会更好，在黑暗里，那些雨伞显得格外缤纷耀眼。

望着五彩缤纷的雨伞，我对自己脑中此刻浮现的想法感到有些犹豫。

推动我打破犹豫作出决定的，并非因为善意，而是因为我需要一个契机。

我做出了行动。然后奔到顶楼，沿着屋顶，回了一次自己家。家里寂静如常。

我用尾巴夹起伞立中的一把伞，从一楼来到二楼，打开窗户再次跳了出去。万一被人看到我从家里出来了可不好，于是我以和平时一样的速度飞翔，确认了目的地没有阻拦之后将身体膨胀到巨大。反正也不会留下记录，尽情享受变怪物的过程吧。

想象自己是怪物然后再行动无比快乐。正如井口所说，我还有些孩子气的地方这回事让人意外。不是意外，我本来就是。

即便是在下雨天,用六只巨大无比的脚来移动,一瞬间就到了学校。变大往上腾飞,然后将自己的身体缩小,在屋顶着陆。

之后的行动是惯例。但今天除了自己还需要将伞一起带进来,所以每次都得开门。

她如果不在就算了。反正今天也下雨,我想她应该不会来吧。

用尾巴将教室的前门顺利打开的时候,我的心情不知道该形容为安心还是失望。或者两者都有。

"这种日子,也会来啊。"

听到我的声音,在自己的座位上玩手机的矢野抬起头。

"我没想、到你会、来。"

我用尾巴将门关上,往教室后方移动,将身体变成方便坐下的大小。

"你的伞不是丢了,家里刚好有多余的,给你。"

我朝着她的方向温柔地放下伞,而没有顺利被她接住的伞打到了她的脸上,她迷一般地"啊"地一声惨叫。

"好、痛、呐,不要、说白天、的话题、呀。"

又是这句提醒。到底,是谁在啰唆?我这么想着将忠告一脚踢飞,矢野没表情地低下头去。

"但是谢谢、你。"

这种时候才该一脸美滋滋地笑笑吧,但我不想强迫他人的表情,于是只好作罢。"

我的脑海中浮现出了井口那痛苦的笑容。

今天,和以往不同,我有话想对矢野说。

然而应该如何开口呢？如果在白天对方是工藤的话，问题会简单很多，然而对于矢野同学，我不知道该如何才能掌控话题。

话题的契机。我正望着天花板寻找这样的东西，矢野像忽然想起了什么一样，又提了一个奇怪的问题。

"安、达君，你是拉普达派还是娜乌西卡派[i]？"

"我是龙猫派。"

我犹豫了一下，因为在想回到关于吉卜力动画的问题时，应该回答提前准备好的答案还是心里那个答案。

"是梦，却又不是梦。"

这是电影里的台词。一时间，因为矢野奇怪的声调而仿佛成了另一句台词。

这不正是变成怪物的我吗？

"矢野同学是拉普达派还是娜乌西卡派？"

"我是波、妞派。"

"是你自己叫我二选一的。"

喜欢波妞的话，难怪第一次见到我变成怪物的样子才不会那么害怕。

"话说回来，矢野同学不喜欢龙猫啊。"

"为什、么？"

"明明叫皋月[ii]。"

---

i "拉普达"和"娜乌西卡"分别指吉卜力动画《天空之城》和《风之谷》里的角色。因为两部动画片里出现了类似的角色，被观众发现两者之间其实有所联系。
ii 《龙猫》中的小女孩名字也叫皋月，和矢野五月的名字里的"五月"在日文中的发音一样。

我随口说了个玩笑。然而矢野却因为这个玩笑生起气来的样子。话虽如此,不过是故意皱起眉撅起嘴,一点也不可怕。

"我不、是那个皋、月!"

"这样啊。"

"我的名字是五月[i],虽然发音一样。"

我歪着头,用一副可以将她一口气吞进嘴里的样子望着她,而她却一脸美滋滋地自顾自解释起来。

"这是花的名、字。"

她没等我的回答,继续说。

"刚好是这个季节盛、开的花,虽然开得有、点晚,但是、是春天的花。"

说到春天的花,我眼前浮现的是覆盖天空的粉红色花朵,或者是满山遍地的黄色花朵。我无法想象她说的是什么花。

"在春天、盛开的花之中,我最喜欢杜、鹃花。哪怕不是自己的名、字也最、喜欢。"

"不是樱花,或者油菜花?"

我形容了一下脑海中杜鹃花的样子,矢野点点头。

"当然,那些花也、喜欢。但是,比起那种美丽、易见,又引人注、目的花,我更、喜欢安静地、绽放在山、里或是角、落的花。"

"……"

---

i "五月"作人名时和"杜鹃花"在日文中发音相同。

我不由得阴暗地想她是不是在暗示自己。

孤独地，安静地，盛开的花。

我在脑海里想象着某些人的身影。

"对了，雨停、了之后去看、杜鹃、花吧。山里绽、放的。"

这个提案算是她至今为止给的提案中相对较好的一个。只是……

"我倒是能去，你呢？"

"你背我、呀！"

"不要。要是你也变成了怪物怎么办？"

我想她说不定会觉得这样也不错。而她却竟然说"这样就不好了"立刻放弃。虽然是她自己提出来的，但被拒绝的滋味可不好受。

"对了，为什么忽然说起吉卜力的话题？"

"周五电视里、会放、娜乌西卡哦，不看、吗？"

"啊，我忘了。啊，是今天啊。"

我和笠井他们之间不会聊到吉卜力的话题，于是我没有留意。虽然我看过好几次了，但错过了还是会觉得遗憾。

"我看、过一个讲吉、卜力背后的、设定和都市传、说的博客。""啊，说龙猫是死神之类的那个？"

"对，对，安达、君喜欢死神对、吧？"

"那个貌似是乱说的。"

"就算是都市传、说也很有、趣，不管是、不是编造的都、行，明明喜欢、龙猫，连这种事都不、明白吗？"

这种把我当个傻子的说法让我很生气。我只是传达了可能是胡编乱造这个情报。不是逼她，也不是非要她相信，却要被她指点一番。

然而，我之所以没有反驳，是因为我同意她那句就算是传说，传说本身就很有趣，比起反感，我有更想对她说的。

我拿出勇气提出了这个话题。

"井口同学也、说过同样的话。"

"小、井吗？"

可能是因为她从来没有这么认真地叫过井口，从昨天起我就觉得矢野的"小井"的发音有些奇怪。

但还好她顺接着我的话题。

"嗯，井口同学初二的时候，曾是我的同桌，因为看她一直带着龙猫的钥匙扣，所以有问过她。她很喜欢龙猫。然后她和我聊了很多关于龙猫的话题，她也说了同样的话。觉得不可思议这回事本身就充满了魅力。我听她这么说，又去看了一次龙猫，然后也成了我最喜欢的作品。"

"……欸。"

矢野一脸呆滞。

"啊，不是……"

我心想完蛋了。把想说的话简洁明了说清楚就完了，我干吗要热血澎湃地喋喋不休地聊起自己的兴趣爱好？对方肯定也不想听我说这些，而我也并没有打算要聊。

我变得很难为情，忽然，我想起来被制止聊白天的话题。

还是说关于回忆的话题，可以不划分昼夜。

"啊不是,那个,我之所以提井口,是因为其实矢野同学的笔记本上那些涂鸦,是她干的,但是她也是被其他家伙所强迫的。我今天才知道这件事,井口也觉得自己做了坏事,道歉了。我想把这个传达给你。"

总之为了抚开此刻的难为情,我把原本准备说的话一股脑全部说了出来。然而话说出口之后,我开始担心,无论怎样道歉,无论怎样后悔,做出这件事情的是井口,如果矢野对那孩子的愤怒变得无法控制该怎么办。变成这样也不奇怪。

"……"

到底,是怎么样的反应?她会说什么吗?

我保持紧张地等待着,矢野却仍然用刚才那张呆滞的脸,轻轻地,温柔,对我说:"我知道了。"

不知为何。那小小的手指指着等待答案的我。

"安达、君呀。"

在那之后,紧接着,仿若一朵小小的花朵盛开一般,她笑了。

"喜欢小井,对、吧?"

一句"欸?"不小心从我那如锯齿般的口中泄露,她故意"嘿嘿"偷笑。

"叫喜、欢的人'那孩子',真甜、呀。""欸,等等,你在说什么?欸?"

我的狼狈显而易见得太过分。矢野和往常一样忽略我的疑问,拍起手来。实在跟不上她的节奏。等等。

"原、来如此,是小井,所以,挑了写完、的笔记本。""……

什么意思？"

"白天的话题结、束。"

矢野用双手捂住了嘴。忽然就来这个。

究竟界限在哪里，其实一开始只是她的随心所欲吧，于是我忽略掉了她的忠告。也有自己因为着急，所以无法沉默的原因。

"那个。"

其实还有一个，我想要以防万一确认一下的问题。我想要用严肃点的话题来让自己安心也是其中的理由。

"井口同学笔记本上的涂鸦。"

仍然捂着嘴的矢野，皱起了眉。

"以防万一问一下，不是矢野同学写的吧？"

这次是仍然捂着嘴，皱着眉，摇了摇头。

"这样啊，对不起。"

我的道歉是发自对她的怀疑，她却像是指导我一般用手指着我，说着"现在是晚、休中哦"。比起自己被怀疑这回事，似乎这个规矩更重要。

就在这时，铃声响了。今晚变成怪物的时间比以往短，外加去了场百货商店，晚休变得更短了。

"到时间了。安达、君珍惜的、人是小井真是太好了。"

"不⋯⋯不是说不聊白天的话题吗？"

我话说出口才意识到，自己的发言不就是间接承认了吗，原来就算变成怪物也无法收回覆水。

"到了晚、上就、不珍惜了、吗？"

这个恶作剧的玩笑话，让我语塞。

那之后，我之所以什么也没说，是察觉到无论说什么我都会受到伤害。

"好孩子受、伤真是件讨厌的事、呀。"

从窗户出发的时候，对于矢野说出的这句话，我也没能竖着摇晃那个黑色的脑袋。

我没有资格。

我一言不发地，向外面奔去。哪怕雨淋遍全身，怪物的我也没关系。

如果此刻，我嗯了一声，是不是会有什么改变呢？我说了不是的，是不是会有什么改变呢？

周末结束之后，会发生某个事件。

周一·白天

其实周末两天的晚上，我都有来学校，但矢野不在。

原来周末没有晚休。

虽然昨天雨已经停了，但天空仍然乌云密布。

今天我最担心的事情，并不是能不能像平时那样不露出马脚，或者是和矢野没有对好台词。

而是井口，会不会来学校。

说真的，受到那种待遇还美滋滋地每天来学校的矢野有些奇怪。但就算井口不来教室上课，也无法责怪她。当然，矢野也是。

但是，对井口来说，尤其是对她来说，好好来学校比较好。如果今天休息了，肯定会被人觉得是因为周四的事情。这点事井口应该也明白，越不来就越难来了。虽然我不是老师，但今年有中考，老师也不会赞成。

这类话，无非是借口罢了。真正的原因是，我担心我那时候无视井口的提问，是不是让她受伤到再也无法出现在教室里，担心到受不了。

所以，当我进教室，确认她在座位上的时候，不知道为何从心底感到安心。

虽然让人无法忽视的是，没有人在她身边。

"小安也是，这种天气就会脸色阴沉啊，不能踢球了是吧？"我来到座位，笠井招呼也没打地坐在我的课桌上。我赶紧管理表情。

"哟，是啊。"

"那就给阴沉的小安讲个有趣的事情吧。"

笠井所谓有趣的事情，大概，就是电视上看到的冷知识，班里同学的绯闻或者是相关的乱七八糟，今天又是什么呢？

"发生什么了吗？"

"对了对了，记得之前跟你说过，关于怪物的事情吗？"

"啊啊，那个，晚上出现的东西。"

"那个，在学校附近出现了。"

我"欸——"地某种程度地假装惊讶。原来那个大小就算是从远处也会被发现的啊，我要小心点。但这么想的我似乎错了。

"话说，周五晚上，元田偷偷溜进了学校。"

"……啊？"

我情不自禁地流露出了真实反映。

"哈哈哈哈，我就知道会是这个反应！"

笠井拍着手无邪地笑。

"那家伙是个傻瓜吧。周六早上有比赛,却把手套忘在活动室里,因为害怕被顾问骂,所以溜进来了。那家伙的家到学校就算是骑车也要一阵,更何况在下雨呢,哈哈哈。结果呢,来了之后发现校门开着,随便就进来了。真走运,活动室的门锁也坏了,拿了手套准备回家的时候,发现那家伙了。"

情绪高涨的笠井拍了拍我的肩。

"怪物?"

"对,据说从近处看非常非常大,超级恶心。那家伙半夜给我打电话,兴奋得要死,我想打电话跟你分享的。啊,小安在睡觉吧。"

我冲着他的戏弄低调地回了句"抱歉啊"。

"然后,他为了不被怪物发现从活动室的黑暗处看,发现怪物忽然跳起来,落地后又变小,然后消失在了校园里。"

"都是些什么啊,这。"

"对吧,谁信他这些鬼话啊。结果那家伙较真了,周六来了说又出现了。都是做梦吧。而且那家伙,偷偷溜进了校园里。太傻了是吧。"

"真的假的。"

"结果,那家伙说,下次多找几个人,抓住怪兽。啊哈哈哈哈哈,期待那家伙被警卫抓住。"

"啊哈,哈哈哈,是啊。"

我勉强地做出笑脸,内心却在剧烈地摇摆。

情况糟糕了。

我又仔细一想,"欸?"其实也没有什么好糟糕的。

没事。我只要再也不去学校就行了。这样的话,元田他们也会发现校园里没有怪物,我若是去远一点的地方,也不会被班里的同学发现了。和往常一样,平稳。

我的安全能够确保。

所以,情况糟糕的并不是我,而是矢野。

矢野的平稳,将会遭到破坏。

正如笠井所说,如果元田他们被警卫抓住是最好的。对他们来说可能不是最好的,但对矢野来说是的。

只是假设,元田和矢野一样,找到什么办法溜进了校园,然后撞到了矢野那就糟了。

就算不是如此,在矢野去学校的路上和他们打了照面也糟糕。

我的话,就算被人看到了怪物的身影,也能变得巨大,然后溜走。

但是,矢野怎么办呢?

不能变得巨大也不能快速逃跑,她的平稳将会消失。矢野所说的晚休,将会被破坏。

怎么办呢?

我是不是该做点什么?

实际上,似乎和我没什么关系。

就在笠井和别组的人说完这个话题、摆弄着头发造型的时候,忽然听到高尾用很大的声音说着"简直难以置信"插嘴进来了。

我以为他是听了元田的事情,但似乎不是。

似乎,周五骑车来学校的高尾,因为回家时雨下得太大,父母开车来接他,就把自行车放在学校了。结果自行车似乎被谁偷了。

如果是周末不见的,可能是运动部的人干的。但是,班里运动部的成员不少,这么说好像不合适,高尾似乎是为了让所有人都听到才故意大声说的。包含了不破坏团结的顾虑,和不让对方怀有敌意的危机感。

我忽然想起了初二的夏天,矢野的笔袋不见了,引起"是谁偷了"的喧哗,结果是她忘在家里了。

"小安,小安——!"

"嗯?"

我忽然被旁边的工藤大声叫住,留意到有一滴液体滴到了我的裤子上。

"哇!"

我流鼻血了,慌张地翻口袋,偏偏今天忘了纸巾和手帕。

"我去找能登借点纸巾。"

我说着用手按住口鼻急匆匆出了教室。我不想给周围添什么麻烦。身后传来响亮的笑声。一定是笠井他们在说笑话吧。我的心怦怦直跳,却像平时一样视而不见。为什么忽然流鼻血了呢?变成怪物的冲动在体内徘徊吗?

我感受到口中浸满血的味道,用没被染红的那只手开了保健室的门,那里有能登,和我没有想到来客,绿川。

"安达,敲门。"

"请给我点纸巾。"

省略掉招呼并认错传达了我的来意,能登给我了一整盒纸巾。我抽了几张,擦了擦手和口鼻,然后堵住鼻孔。

"这个也拿去。"

被塞了湿纸巾,我照着墙壁上的小镜子擦鼻子,从镜子的角落看到了看向这边的绿川。

"谢谢,抱歉我没敲门。"

"这里不仅有男生会进来的,所以下次注意点。"

"抱歉,绿川,对不起。"

"嗯。"

我打了招呼,扶着门把正准备出去的时候,能登忽然问我,"鼻血是怎么回事?"被留意到也正常。

"啊,什么都没做,忽然就流出来了。"

"是吗?之前我也和你说了,不要勉强自己,偶尔也来这里休息一下吧。"

"……"

到底是因为知道了什么,她才会这样说呢?

是我的事情,我们班的事情,还是矢野的事情。明明什么都不知道,还叫我不要勉强。和周五我对井口那句"不要太在意了"了一样,是句毫无意义的话。

莫非是绿川透露什么关于班里的事情?但如果她真的说了,

也很奇怪。应该不会有知道我们班的内情还能坐视不管的老师。或许,有也不一定。

"……打扰了。"

这次我才真的离开了保健室,说起来为什么绿川会在保健室里呢?身体不舒服,还是说如能登所说,平时太过勉强自己所以来这里休息了。不管是哪个理由,像她那么细腻的人,身心都很容易受伤。我自作主张地想。

接着一个唐突的念头在我脑海中浮现。绿川,是怎么想的呢?

关于矢野目前的处境,她是怎样的心情呢?

自己珍惜的东西被人弄成那样,肯定很生气,最初应该觉得她活该吧。但现在呢?现在离那件事情已经过去好几个月了,是不是愤怒的情绪也应该平息了呢……

不……就算已经平息了,又该怎么办?

这种事情,光想也没用。包括刚才的关于如何利用好夜晚的时间的想法也是白搭。井口现在是众矢之的。再这么下去,我也会被孤立。绝对不能这样。

前往教室上楼梯的时候,矢野那小小的背影在我面前摇摇晃晃。我以两倍的速度超越她。从我身后传来了一句"早上、好",我有好好地对此视而不见。肯定没问题。没关系。

调整好呼吸回到教室,笠井首当其冲笑话我:"是不是因为想了什么色色的事情啊?""想个鬼。"我随意回应他的玩笑,回到座位上。第一个留意到我的鼻血的,坐在一旁的工藤担心地问我"怎么了"。

"没怎么呀。"

没关系,我和大家是一样的。

我正回答说可能是早上吃巧克力引起的,就看到矢野进了教室。

"早上、好。"

大家无视了她认真的问好。矢野美滋滋地笑了。和往常一样。

若是和往常一样,这之后矢野注意到教室里谁的变化,自顾自地去搭话,在别人咋舌的声音中回到自己的座位。

若是,和往常一样。

也就是说,今天不一样。

矢野,一踏一踏地朝着井口的座位走去。

这个状态,让我想起某天某个事件发生的时候。我们班的集体意识发生变化的那天。不,不是发生变化,是其实一直都像现在这样,只是我发现得太晚了。

这是让我回忆起那天的步伐。

井口和那天的绿川一样,对于站在面前的矢野一言不发。也许是不知道她想干什么,也许是不想陷入麻烦。我的座位在井口的后面,因此只能看见矢野不满的表情。

那是我视线角落捕捉到的画面。一旁的工藤看了看我,我装作才意识到发生了什么,将画面放入视线中央。

那时候,矢野的行为目的是我们万万没想到的。

也许,是因为井口的脸的角度,对于娇小的矢野来说刚刚好。

矢野,忽然扇了井口一耳光。

难以想象是女孩扇女孩巴掌的声音；井口立刻发出的"啊"的声音；之后有谁猛地站起来的声音；还有从我嘴里不小心滑落的"喂"的声音，所有的声音都仿佛在同一瞬间响了起来。

在那之后，情况变得一团糟。

矢野拿起书包往井口砸去，之前回避井口的女孩们叫着"你干什么！"去制止矢野，其中的中川不知道是有意还是无意抓住矢野的头发，矢野大叫"疼！"。即便如此，矢野仍然用微弱的力气将书包砸向井口，刚结束晨练进来的元田一副看热闹的样子说着"这是在干吗"，这时候班主任进来怒吼，上课铃响了。所有人都被分开，被要求说明状况，但矢野什么也没说。取而代之的是她一个不知为何的笑脸。和往常一样的，美滋滋的，笑脸。

我看着这个笑脸，不由得打了个寒颤。

矢野被班主任叫出教室，本来被叫保持安静的教室忽然炸开了锅。

"那家伙干嘛啊！"

"开什么玩笑！"

"小井没事吧？"

"去死吧！"

在大家的骚乱之中，井口一副还没明白发生什么的样子，胆怯地观察着周围的情况。

我的大脑也一片混乱。究竟发生了什么？

虽然只有当事人才知实情，在矢野不在的时候，大家已经大概猜出了为什么。

首先，那群班里的中心人物的女孩们，坦白了井口在矢野的笔记本上涂鸦，并且她们一起也参与了的事情。

大家猜想，虽然真实情况和这有些不同，但矢野的行为恐怕是为了报仇，明明平时做不到，但因为对方是很温柔的井口，所以反而生气起来。

就算心中有不同的看法，我也说不出口，更何况也没有别的看法。

我觉得自己也有责任。昨天是我告诉她犯人是井口的。无论怎么道歉，也不是井口和她直接道歉的，矢野心中的仇恨不会消散。如果是这样，她所说的不会报仇，这次却成了例外。果然是因为对方是井口吗？

井口是个好孩子哦。

虽然矢野这样说过，但我对于这句话为什么没仔细想地一股脑全盘接受了呢。对方可是矢野。然而我却直率地相信了。

大家都很愤怒。

"就算被涂鸦，对小井实施暴力也太难令人相信了吧？"

"嗯，嗯，是啊。"

我对旁边的工藤点头。

点过头之后，我仔细想，其实对于工藤的言论并没有觉得认可，当然我不会说的。

和工藤一样，大家都觉得，哪怕自己的东西被人搞了恶作剧，所以就去对对方实施暴力这回事太过分了。

的确，实施暴力是不对的。我也暗自同意。

只是，我并不觉得将他人的物品损坏或者弄脏的行为，是比暴力更轻的罪行。

那么，如果矢野只是把井口很珍惜的龙猫钥匙链给弄坏的话，就不会发生这样的纠纷吗？不会的。矢野会因为弄坏别人心爱的物品而被惩罚和指责吧。

忽然，我注意到了平时挂在课桌旁的井口的书包，上面总是挂着的龙猫的钥匙链不见了。

这时，一个身影从教室的前门进来了。确认身姿，不是班主任也不是矢野，是能登。

"那么开始上课吧。"

能登毫不犹豫释放出的请求恢复正常的信号并没有让班里安静。

似乎今天由能登来代替班主任。笠井夸张地嚷着："是小能呀——！"被白了一眼。

在大家的闹嚷声中，结束了问好的环节，能登打开自己的笔记本，开始说明今天的联络事项。我头一次知道保健室的老师也会参加教师员工的早会。一连串的联络事项结束之后，能登说着："第一堂课开始为止大家都要保持安静哦。井口同学，能来一下吗？"将井口叫出了教室。

教室里虽然比刚才安静了一些，但源源不断的挫败感堆积而起，酿造出一种奇怪的氛围。

原因之一，是谁也没有担心过，矢野会不会将至今为止遭受的欺凌对班主任坦白。这样的感觉增加了这氛围的异样。

大家想的没错。就算矢野去告状，无非也是被大家用大声吼，或者是仿若道德课堂一样的被教育，诸如此类的事情罢了。没有对她实施任何的直接暴力行为，也不会被学校处分。全班同学，一定都很清楚这点。

被怒吼也好，被骂也罢，如果骂的那方没觉得有问题那就没什么问题。

如果方法变得更阴暗，变成那种无法肉眼可见的欺凌，都是因为你不好所以更加过分，却看不见敌人，那才危险。

周一的第一堂课是很长的班会，上课铃响过，两分钟之后，班主任带着笑得美滋滋的矢野和一脸迷茫的井口回来了。

简单地说，班会是为了稳定大家刚才的情绪的说教。关于早晨发生的事情，两人吵架，但又相互原谅，虽然这次是两个人偶然的争执，但大家都是应届考生应该好好相处，不要为考试带来麻烦之类的。

剩下的时间用来自习。原本是留给大家处理没有解决的昨夜的时间，但是大家窸窸窣窣，谁也没有学习。绿川倒是拿出了书开始看。

之后发生的事情谁都能想象吧。第一堂课结束之后，井口的周围围满了人。担心，同情，还有很多女生去道歉。

谁也没有对矢野大吼"你开什么玩笑！"，只是休息的时候有人沉默地踢着她的桌子，或者是在上课时候好几次被从头上撒纸屑，昨晚大扫除后发现室内鞋里浸水之类的。

大脑有些奇怪的矢野，即便如此，仍然美滋滋地笑着。

回家的时候，看着被从后面踩住鞋子差点摔跟头的矢野，我心中又增添了一丝不解。

周
一
·
夜
晚

走在外面，我从云朵的罅隙间看到了月亮。我在月光下奔跑。其实我并不在兴头上。然而，我觉得不得不问。甚至有种这件事只有我才能问出的想太多的使命感。

我向学校走去。

"你都干了些什么啊。"

我对着坐在教室第一排的座位上，玩着手机游戏的矢野说。她回我一句："你来、啦。"看向这边。

"今天的那个……"

我一边说一边往教室后方移动，像往常一样将身体变大。

"那个……是什么？……"

"和井口之间的事情。"

我打算追问，却被矢野搪塞了那句就快听厌的："不要、说白、天的事情。"

"现在不是讲这个规矩的时候吧。"

"安达、君,真烦、人呐。"

"你才烦人。"

"又不是对、你、干了、什么坏、事。"

的确如此。

被她这么一说,的确如此。

那我是为何这么激动呢?仔细想想,我立刻得到了答案。

"是谁曾经在哪里说过,很讨厌看到好孩子受伤的?"

"是很讨、厌啊。"

"那为什么?"

我再追问,她就歪起了嘴。这个表情,很像小时候看到大人们的表情。仿佛是被任性的孩子弄得很困扰的大人。

我故作夸张地叹了口气,矢野便张开了歪着嘴。

"小井、没有、再被、孤、立了吧?"

矢野一副被迫说出不想说的话的样子,然后又开始玩手机游戏。

明明是我提出的问题,在她的答案面前,我捣碎了牙也找不到一句可以回应的话。一种天翻地覆的情绪在心中蔓延,虽然是我自找的。

"白天的话题到此为、止。"

"欸?"

"还有乌云,但雨停、了,做什么好、呢?"

随着游戏结束的音乐,将手机放回了口袋里的矢野看着窗外。我也跟着她看向外面,对面的教学楼里好像有什么在动,仔细看看原来是云朵经过月亮投下的阴影,我才松了一口气。

对于矢野的答案,我有些迷惑。

她所解释的行为的意义。

因为这有些奇怪吧。

"我说了,在你笔记本上涂鸦的是井口吧。"

"听、说了,你要说几遍、呀。"

"你明明无视了这件事。"

我无法理解。的确,井口是个好孩子。但这也是在怀有团结意识的我们之间,相对来说的好。就如我之前所说,几个月前,她也一样对矢野视而不见,帮她捡起橡皮的时候内心也很犹豫。也就是说,如果不是在那个时机、那个距离,她不会帮矢野捡的。

可以这么说,也就是在那个情况下才成为了仁慈的代替品。

"我无法理解!"

"安达、君同样的话要说、好几遍,还忘了自己说过、的话。"

"什么?"

"不可思、议这件事本身就、很不、可思议。"

"这是井口同学说的。"

我全身的黑色颗粒开始因为生气而抖动。生气的原因不是因为极其寒冷,而是因为和看到从未见过的颜色或者形状的东西时,不知道该如何接受,感到极其不适的那种感觉。

"这、这就够了吗?"

"什、么?"

"但是……"

我不知道"你的处境不是比之前更糟糕了吗"这种话该不该由我说。

不知道矢野是如何洞察到了我没有说出来的犹豫，美滋滋地笑了。

"不知、道。"

不知道的意思究竟是不明白我的话呢，还是不明白自己的行为。

如果是前者就好了。是前者的话，说明这孩子果然是个听不懂对话，也不会判断当时的气氛的人。如果是后者的话，我想象了一下，就觉得恐怖。

在我们的日常生活中，一直把她当作一个用我们无法理解的脑回路在思考问题的可笑的人。就算被视而不见也仍然主动打招呼，就算被欺负也美滋滋地笑，每天都过得很开心的样子。

早上来到学校忽然就对同班同学施行暴力。

正因为是这样的家伙，所以对她的处境无法想象。

但是说不定，她也有自己角度的思考，并且付出着行动。

周末，我烦恼后得出的结论是，如果是她想救出因为自己而被卷入纠纷的同学，怎么办？

我猛然想到该不会绿川的事情也是因为有什么别的原因，矢野思考之后才决定这么做的，虽然我很在意，却没问出口。如果我听完她的理由，发现是因为我无法接受的原因，那这个班级里再也没有正当性，我也没有可逃避的地方了。

我摇摇头强迫自己停下思考。没这回事。

如果她是个普通的女生，不会在那种时候美滋滋地笑。也不会在那天，为了并不喜欢自己的同学让事态恶化成这样。而且除了扇耳光之外，应该还有别的很多办法。

果然，这孩子的脑回路和我们都不太一样。一定是这样。

喜欢同一个组合，同样都看《少年JUMP》，同样期待周五晚上电视上的放映会，这些都无关。

我已经放弃了再和她谈论关于井口的事情。

反正无论我怎么说，也无法改变现状。没办法。

相反，我决定和她聊聊或许能解决的问题。

怎么想，这样都比较有建设性意义。

"对了，我还有一件想和矢野同学聊的事情。"她一脸怀疑地看向我。

"如果不、是白、天的话题，就行。"

"我想不是的。其实，有班里同学看到我晚上来学校了，他们决定偷偷溜进来抓住怪物。"

"哇，真是笨、蛋、呀。"

"真的，抓住怪物什么的。"

"不是，我说安、达君。"

我用八只眼睛略带凶狠地瞪她，她便哈哈笑起来。看习惯之后，就会觉得比人类的眼睛更滑稽。

"这样，真是糟、糕呢。"

"……对吧？而且我能轻松混进学校这回事似乎也暴露了。"

"晚休被、暴露了、啊。"

"这我就不知道了,就算做到了他们对这件事失去兴趣之前都不来,这里若是变成了他们聚会的地方可就没意义了吧。"

"安达、君把他们赶、出校门怎么样?"

"如果我能先来学校埋伏好也罢,但我也不知道每天什么时候能变怪物。"

我试着抛开自己会协助合作的前提。现在是晚上,谁也不会看见我。

矢野抱着手,"唔"地碎碎念。

"晚休之、外的时、间,校警会抓、住他们,所以、没关系。但是到、了晚休的时间,得让他们觉、得不能再次潜、入才行。"

"嘛是的。就算在学校外面威胁吓唬他们,也不能确保他们不会再次侵入校内。"

"嘻嘻嘻嘻嘻嘻嘻,嘻。"

矢野忽然很恶心地笑了起来。

"怎么了。"

"哎呀安达、君想要守护这里、的心情,让我很、开心。"

我好不容易将这个事实抛在脑后,又被人拧出来,实在难为情。

不是这样的。

只是,如果是怪物的我或许有能击退他们的方法。

或许是为了弥补白天的罪恶感,我又开始想一些奇怪的事情。

"所以说,如果得到了什么情报的话,那一天矢野同学就不要来学校了。"

"怎么通、知我情、报呢?"

"这个嘛……"

如果是在行动当天才知道的话,没法和她交换情报。就像我刚才所说,我也不知道我每晚几点会变成怪物。白天没机会告诉她。

"而且、哦。"

"嗯?"

"如果是、今天,怎么、办呢?"

我正想说该不会这么巧吧,忽然却像是被矢野说中了一般。窗外传来一阵巨大的铃声般的声响。

是警报。我察觉到自己在抖动。我的确很怕声响。我们四目相对,紧接着赶紧找藏身之处。终于被发现了。就算如此,也不用忽然拉响警报吧。

我慌慌张张地用八只眼睛清楚地判断方位,和矢野一起用伏地前进的姿势往门的方向逃去,途中铃声忽然停止了。矢野忽然看向我:"不奇怪、吗?"

我压低声音问:"怎么?"矢野啪地站了起来。

"晚休、的事情警卫员什么、也不会说的,所以,我以为是偶、尔新来的老、师。但是,只有对、面的那栋教学楼的、警报在响不、奇怪吗?而且声、音也不、大……"

矢野慌慌张张地说。被她一说的确如此。我让影子在庭院里巡查,当然那里没人。接着让影子侵入对面的教学楼,仔细巡查,也没有任何人。警务处虽然亮着灯,但并没有任何事态发生的模样。然后出去,环绕操场,接着往校门处巡逻。

在那里,影子的瞳孔里映出了什么。

就在发现穿过校门的是个人影的那一瞬间,身影便消失了。慌慌张张地追赶出去,穿过校门之后,再也没有任何情报。

"怎么、了?"

"影子、消失了。"

"原来你叫、那个影子呀。真害臊、呀。"

"怎么叫都好吧。不说这个,刚才有人在。"

"谁?"

是谁呢?穿着运动衫,头发不长,身高不高。只看见一瞬。告诉矢野之后,她在椅子上坐下来,嗯——地念到。

"如果刚、才的警报是警卫或者老师拉、响的,说明是学校外面的人、呢。"

"不对,好像穿的是我们学校的运动衫。"

"如果是来晚、休的,把自己的、闹钟弄响、了的话,太傻了、吧。"

对于自己每天溜进学校的傻劲儿视而不见的矢野一脸惊讶地说。听到笨蛋二字,我不由得想到是不是元田他们中的谁。或许其中一个来侦查情况了。会不会其他家伙还藏在学校里呢?

爱操心的我,再次让影子,也就是我的分身去这两栋教学楼巡逻。结果出了警卫以外谁也不在。

"影子找到什、么了吗?"

"……没，什么也没找到。"

被女生调戏的怪物，真是没救了。

没有看清楚逃走的是谁，我仍然保持着警惕，先和矢野商讨起对策。

结果，我俩也没想出来什么特别的作战方式，无非就是他们如果在晚休时间来了，我就用我和分身追他们，燃起火，类似于部落追猛兽那样的方式。虽说是商讨，其实也不过是我一个劲儿地给主意，而矢野却像是看个笨蛋那样不时插两句。

中途，我终于忍不住给她忠告："这可是为矢野同学做的？"

"硬、要逼、人道谢、呀。"矢野说。

气死我了。

闹钟的响起结束了今天的晚休。

"那么，我回去了。"

我缩小身体，站立起来之后，矢野也站了起来，一动不动地看着我。

"怎么了？"

"……明天、你也会、来吗？"

好久没被这么问过了。

我在想为什么今天会再问我这个问题，但放弃了。

"那些家伙说不定突然会来，我明天也会来的。我没在的时候，你先躲起来。"

还好我有这个借口。

矢野也没有除了晚休会被破坏之外的不安。

告别时，谁又能想到之后的我回想起此刻将会坐立不安，再也没有勇气看她挥着手的脸。

周二·白天

话说回来，无论是人类还是怪物，无论是白天还是夜晚，无论是好人还是坏人，谁都不想看到别人受到伤害。

所以从今天起，我意识到校园生活将不再快乐。因为我不得不看见坐在我斜前方的同班同学被变本加厉地欺负。当然，我会好好隐藏不开心的情绪。

本来是做好了这样的觉悟，这种为了能平安度过教室时光的觉悟，却无法伴我度过现实。

现实是，比我想象中的更加让我厌恶。

上学，来到教室，氛围和平时不同。首先元田已经来了。这可以理解，他偶尔会因为社团顾问的时间取消晨练。

让我在意的是另一张桌子，女孩们都围在那里。那是中川的座位。不知道发生了什么，我半带礼貌客套的关心偷看了一眼，只见坐在座位上的中川正在哭泣。

起初，我以为是她和男友分手之类的。中川无论是颜值还是性格都引人注目，在班里的男生之间很受欢迎。为爱恨情仇烦恼之类的想必也不少。这张哭成泪人的脸，和几天前像看蟑螂一般看着井口的脸截然不同。

直到矢野来了，我才发现事态可远比想象中严重。

和往常一样，她说着"早上、好"，走进了教室。

虽然昨天有些不平常的举动，但基本上她都习惯在不被任何人理睬、没人有反应的安静中，走向自己的座位。

今天，矢野也秉承了以往的习惯。和以往不同的，是她以外的所有人。

矢野正要跨过教室前方中川的座位，在场的元田忽然转过来，用空的塑料瓶敲了敲她的后脑勺。

"喂！"

虽然比起昨天那一巴掌，这个声音轻了很多，但全班都安静下来，看着两人。

受到预料之外的冲击，矢野惊讶地沉默着转过头来。我们也吓了一跳。至今为止，元田对矢野做的恶作剧不少，但包括元田在内，全班没有任何人对矢野有过身体接触。

就凭这身高差，就算不知道班里复杂的关系，谁能震慑住谁也是一目了然。

到底，是怎么回事？在紧张的氛围中，先开口的是元田："是你这家伙吧！"

我不明白是怎么回事。矢野歪着头表示不明白。

"什么、呀？"

矢野拖着声音说话的方式，让人平添怒火。

"是你把中川的室内鞋弄破，丢到庭院里的吧。是为了报复昨天的事？"

原来发生了这样的事情，我从自己的座位上偷偷看了中川的脚一眼，发现她穿着茶色的拖鞋。

"开什么玩笑！"

元田加强的语气里所包含的不仅仅是对于中川的正义感。

其实这个班里的人多少都明白，他心怀的不仅是厌恶，更多的是想要伤害对方的残虐的心态，但在这班级氛围里不值得一提。

"……"

真希望如果能给矢野一个忠告。昨晚给她个忠告就好了。

当被说成这样的时候，做什么样的表情比较好。

摇摇头，弱弱地否定，露出一副紧张的样子就行了。这样的话，在对方也没有确凿的证据的情况下，事情会告一段落的。

然而为什么，偏偏要做这样的表情呢？

矢野美滋滋地笑着，干脆地否定了。

"啊啊？"

"我不知道、呀。"

像是害怕对方没听见似的，她又一次，一字一句地拖长声音说了一遍。

说完，她怀着那张美滋滋的笑脸，背对大家往座位走去。

莫非,她觉得笑脸是世界通用、表示友好的必杀技吗?只要笑着,只要展示笑容,一定会和大家成为好朋友,力气没用在点子上吧。

若是这样,我多想告诉她,不是的。在并不期待笑容的对方那里,笑容只会让人反感。

都怪你的笑容。

"你还敢笑?"

元田拿起了放在黑板一端的黑板擦。

"你太恶心了,〇〇〇[i]。"

紧接着,元田毫不犹豫地将黑板擦丢向她。还好黑板擦柔软的那一面碰到了她的后脑勺,掉落在地上,附近的家伙像躲避一只虫的尸体一般躲开。因为是矢野碰过的东西。

矢野虽然"啊"地叫了一声抱了抱头,但还是美滋滋地笑着回到了座位上。

看见这张笑脸,我又开始觉得恐怖。

为什么,在这样的情形下还能笑得出来呢?

莫非,矢野有什么理由吗?

这个早晨,对矢野的追究就到此为止了。中川一直哭到班主任进教室为止,而她的室内鞋问题大家讨论一番,结果也没找到犯人。中川只能一整天穿访客用的拖鞋。

至于被丢在地上的黑板擦,班主任一边说着"是谁,把它

---

i 〇〇〇表示骂人的话。

放在原来的位置上",一边捡了起来。

看着眼前的一切,我在心里想,那撞击在矢野身上的尖锐言语,又掉落在了何处?又有谁曾捡起过呢?

在教室里,关于中川一事的意见,基本总结为矢野做的。当然不知道事实的我既不能肯定也不能否定,只能尾随其后。

体育课的时候,分成两拨在体育馆的球网前投球的时候,中川和她周围的女生们好几次狠狠地将球砸向矢野,井口有些困惑地看着一切……就算我看到了,多想也没用。

我该想想别的有用的办法。

"对了,元田他们,真的要去捉怪物吗?"

午休时间吃完饭后,在大家前往操场的途中,我和笠井两个人去厕所的时候,我趁洗手装作偶然想起这件事的样子,询问道。元田本人为了社团活动,已经回教室蓄精养锐。

笠井兴致勃勃地笑了,"那个呀,虽然说了要做,但傻掉了。况且,他还和棒球部一年级的新生发生了矛盾打起架来。"

矛盾?我第一次听到。

"那家伙虽然有点高兴,晨练因此取消了,但因为这家伙搞出了事情不能参加比赛了……嘛,虽然遗憾但真的很好笑!"

笠井压低声音,一边笑一边捶我的肩。原来如此,那家伙一大早就在教室是因为这个。这可真是灾难。对矢野来说。

"那他们什么时候去捉怪物?"

"那就不知道了。怪物什么的,有才怪了。"

什么嘛。从笠井那里情报一无所获的我虽然有点失望,但想想笠井这种态度或许才正常，是我太奇怪了。

"怎么了，小安这么有兴趣吗？连小安也要去抓？"

"我才不会溜进学校。"

"真是古板呀。"

"对呀，因为我不是笠井。"

"哈？"

此刻，忽然间，笠井的表情僵住了。

他偶尔会这样。

和我在一起的时候，笠井非常偶尔地会变成不开心的脸。虽然谁都会有不开心的时候，但总是轻松笑着的笠井的脸忽然变成这样，让我有些紧张。

"没事……"

"……哈哈哈，什么啦，小安真是的！"

或许因为我成功传达的尴尬显得很好笑，笠井垂着我的肩，比之前笑得更夸张。我感到安心不少。

话虽如此，但真正让笠井心情变好的人，在我们走出厕所的时候出现了。时机正好，无论是对我还是对笠井。虽然她平时总是吃便当，但可能是去买果汁吧。绿川，此刻正朝着食堂的方向走去。

"哟！是绿川，去小卖部？"

笠井用元气满满的响亮声音搭话，绿川平静地慢慢转过身来说着"嗯"，点了点头。

如果是其他人，此刻应该至少会接一句"笠井君你们呢？"

之类的。但若是等绿川说这句话，会等到太阳下山。笠井似乎也明白这点，也或许是因为想多和她说几句，于是提高声音，再次接下去说："对了，绿川知道吗？最近这附近有怪物出没。"

绿川一言不发，歪着脖子。是否定的意思。有时候，我怀疑这孩子真的除了"嗯"之外什么也不会说，但上课被点名回答问题的时候又能好好回答，所以今后就算两人发展成笠井所期待的关系，也应该没事。

"到了晚上，会出现怪物，很难相信吧？"

"嗯。"

"但是，好几个人都看见了哦。绿川同学对这种事情有兴趣吗？"

"嗯。"

"欸，真的吗？好意外啊，哈哈哈哈。那如果知道了什么我再告诉你哦！"

"嗯。"

"啊，对了，我们要去踢球了。抱歉，耽误你去小卖部。"

"嗯。"

是说我们打扰她了的意思吗？绿川点头，判断这段对话已经结束了，然后转身走掉了。虽然我觉得还蛮没礼貌的，但笠井却很高兴的样子，对他来说挺好的吧。

我和心情完全变好的笠井往换鞋的地方走去。其他人应该已经开始踢球了。我和明明是自己耽误了时间还对我说着"快走吧！"的笠井来到换鞋的地方，却发现我们班被分配的鞋箱处，已经有人了。

"哟,中川,还挺少见你要出去的。"

一边说一边打开自己鞋箱的笠井,没有注意到她手里拿着什么。或许因为只有我察觉到了她出现在这里的理由,我和她四目相对,我立刻不自觉地将目光移开了。

"笠井和安达君,是去踢球?"

中川毫不在意地和我们对话真是帮大忙了。

"嗯,中川也是?"

三两下换好运动鞋,看向中川的笠井这才终于察觉到她手里的东西。

"欸,太可怕了!"

"哈哈哈。"

她手里握着美术刀和被抹布裹着的运动鞋。

"我打算报复她。"

中川用谄媚的声音说完,看看笠井,又看看我。这次我认真对牢她的眼睛,说着"啊啊"附和道。

"那家伙的呀。"

"对对对。"

听到我的补充,中川笑了。是那种,在王子面前被庶民称赞功绩的公主的笑容。

犯人已经完全弄清楚是矢野了吗?

我的脑海中浮现出这个班里谁也不会在意的问题。笠井略带佩服地说"欸——",中川的目光立刻从我移到他的身上。

"已经弄清楚了呀。"

"欸?"

"把中川的鞋子弄成那样的是那家伙这回事,完全明了了呀?"

面对我问不出口的,笠井这单纯的疑问,中川咬紧嘴唇。

"虽然没有证据,但不明白得很吗?"

证据什么的,跟之前的侦探游戏差不多。

毕竟还有井口那件事,虽然我觉得就算这么判断也不奇怪,但笠井好像并不这么想。

"那,不就是还没弄清吗?"

笠井的反应中川应该有点意外。对我来说也是。虽然不会直接做什么,但笠井应该是打从心眼里讨厌矢野的。和别人不同的是,并不是因为什么道德感或正义感所以讨厌她,是因为自己喜欢的东西被她伤害的单纯的愤慨。所以,周围的人无论做什么伤害她的事情,他应该都不关心。

我万万没想到是我们班同学,尤其是笠井,会在意起矢野。中川说着"是,是呀,是呢",牵着嘴角笑了笑,将矢野的鞋子丢在那里,穿过我们走掉了。

时机太糟糕了,在那一瞬间回头去看她的背影。

"我们走吧。"

"嗯。"

我看着笠井的背影,暗自心怀感激。不是因为矢野的鞋子没事,而是对于赶走中川的态度。

其实，我从一开始就不太喜欢中川。不知道她是不是因为自己的外貌所以很自负，对于不如自己的人，她总是毫不吝啬地去伤害。

在大家团结一致地对外表达对矢野的厌恶之前，中川谄媚地接近自己根本不喜欢的矢野，然后将和她聊天的内容当作笑话在女孩们间传开，一起嘲笑。被当作目标的不只有矢野，还有井口，或者班里其他比较弱小的女生。

对笠井有所好感的中川，被伤到就好了。对于她思考的肤浅、道德的沦丧，仅这些部分全部都被提点就好，伤到就伤到了。

我想起虽然虚张声势，但看到瞳孔在震动的中川的脸，心中忽然轻松了不少。

同时，我又觉得期待某人受到伤害的大家都是傻瓜。

就算是轻浮也好感情用事也罢，我期待着笠井能够有识别能力，正如期待我和绿川能再有一点点沟通能力。

那一天，再没有发生什么更大的事情。

发生的仅有课堂上矢野被人丢橡皮屑，高尾消失的自行车在附近的河边被发现了之类的。

周二·夜晚

一变成怪物，我就急忙赶往学校。我不知道元田他们会什么时候来，而且他们今天极有可能会来。数名男生和一个女生，在成为欺凌事件前似乎还有别的危险。

此刻要是混进怪物恐怕就不是事件那么简单了，我这么想着来到教室，发现矢野还没来。

真奇怪，应该到她的晚休时间了。

莫非是因为今天发生的事情觉得沮丧所以没来吗？仔细一想，这很平常。井口的事情，还没有确凿的证据却被冤枉，被责备之类的事情，或是被伤人的话语所伤害——

"啊啊啊！"

"哇啊啊啊！"

和往常一样，坐在教室后方的我，被从身后突然传来的巨大的声音吓了一跳，忍不住叫了出来。同时，像过去的某刻一样，我全身的黑色颗粒撒了一地,将周围的椅子都撞倒了。椅子倒在地面上发出激烈的声音,清洁工具箱里传来关闭的声音。

我让心脏和全身先放松,然后往清洁工具箱附近看去。

"喂!"

我话音落下几秒,只见安静下来的工具箱的盖子的另一边,有着嘻嘻嘻嘻嘻地将眼睛笑成小月牙的矢野。

虽然是每晚都会有,但我真的对她一肚子气。亏我那么担心她。

"今天说不定那些家伙会来,回去吧。"

"你知道能登老师的生日是什么、时候、吗?"

"我说……"

本想提醒她是不是该好好听别人说话,但我放弃了。不听别人说的话是她至今为止十多年所累积下来的坏习惯。就算我提醒也没有用。

但是,为什么又在意起老师的生日。

"不知道,怎么了?"

"是下周、哦。"

"你怎么知道老师的生日的?"

"之前问、她了,三十三、岁。"

我被两件事吓了一跳。首先,是能登老师三十三岁了。虽然笠井说应该是三十多岁,但我完全以为是二十多岁。不仅仅是我,其他学生也叫她小能。

其次,矢野和能登老师居然好到能够互相交换生日。就像老师说的，她肯定是累了的时候就逃去保健室了吧。

虽然我觉得她经受的已经不是"累"这个次元的事情。

矢野从工具箱里出来，慢悠悠走向自己的座位。是我们一如既往的距离。

"我想、给她礼、物。"

"真的假的？"

虽然听到给老师生日礼物很惊讶，但说起来，也有女生在情人节给年轻的男老师巧克力。所以说虽然也不奇怪，但矢野来做这件事情就有些违和感。

"嘛，想给就给吧。"

"你送礼物会强、加给对方自己喜、欢的东西，还是给、对方可能会喜、欢的东西，哪一派？"

"我会准备让对方不会困扰的、妥当的礼物。""妥当和敷、衍，不一样、吗？"

我想了想，拼命摇头。

"不一样。妥当是认真思考对方的想法，某个程度上对方会觉得高兴的，叫作妥当。"

"唔——平时想、那么多，真累、呀。"

我心想你平时什么都不想活着才累呢，但没说到这个份上。

"想活、得更简单、呢。"

"矢野同学的话……再多想想是不是比较好？"

这个程度的提醒，我认为还算妥当。

"那就会像安达、君一样很、累。"

"……没有,我又没觉得累。"

我和你的意思不一样。

"我没关、系的,安达、君,别担心。"

我明明是说自己没事,她根本不听别人说的话。

没必要的安慰,反而让人生气。

我本想摆出一张不开心的脸,矢野却接着说了下去。

"能登老师说、过了。"

"什么?"

我只是打算顺便听一下,矢野却坐在椅子上,对着我昂首挺胸。莫非她是在模仿能登老师。

"困难是好、事。坚持、下去。成为大人、之后,会自由一些、的。"

"……"

"怎、样?感动、了吗?"

叽叽喳喳的矢野似乎以为我的沉默是感动。我以为她会说什么让我百感交集感动落泪的事情。

不是感动。我是,无语了。

矢野像是在展示自己的才艺似的,告诉我这句能登老师说的话。

能登老师,原来明白矢野现在的处境。

居然对矢野说了这样的话。

她知道发生了什么,矢野在班里是怎么被对待,过着怎样的校园生活,她明明知道。

为什么明明知道,却无动于衷。说着这种好像很理解她的鸡汤,为什么不救她。是老师对吧,是成年人对吧。

我全身都在颤抖。

"怎么、了?"

"没……"

其实明白的,其实理解的。

能登老师正是因为理解,所以没有出手相助。

在名为教室的空间里,在名为班级的空间里,在名为团结意识的空间里,老师或者大人们是如何置身事外的。身在其中的我们比谁都明白。

从外部,什么都做不了,因为说不定事态会恶化。

"肚子饿了、吗?"

"不,仔细想想,能登老师说的话不是白天的事情吗?"

怪物挤出一个美滋滋的笑容,将平时的双倍奉还。其实我并不是为了伤害她,反正她也会和往常一样逃避进什么难以理解的理论里,或者装作没听到换个话题。我只是为了打破沉默,所以怎么都好。

然而。

"这不、是白天的话题。"

"……什么意思?"

"把桌子扶起、来吧,安达、君,是你推倒的吧?桌子真可怜。"

面对今晚没有沟通欲望的矢野,我沉默着扶起了桌子。笨拙的矢野也想帮忙扶桌子,但好几次都手滑让桌子再次倒地,桌子才更可怜吧。

"小心点,被人发现了怎么办。"

"被谁?"

"警卫,或者是那些家伙。"

"被来袭、者发现、了,不是正好、吗?"

下周[1]?我思考了十秒,终于在大脑中切换到了来袭。来袭者,俨然怪物使用的词汇。

"被发现了才好?"

"不来,安达、君就没办法吓、走他们。"

"啊,也对,如果不赶走他们,变成他们的集会地点可就糟了。"

"当然、啊,废话、呀。"

这家伙什么鬼。

我将蹦到喉咙的话咽下去,矢野说得也没错,如果来袭者来了得想想办法。

"那,把我的分身放在校门口?"

"影子呢,叫影、子。"

"……如果进来了,就把他们逼到教学楼里,吓唬他们之类的。"

"就这样、吧。"

我立刻让我的分身赶往校门口。他没法改变大小,也没办法喷火。并且不知道为什么,出了校门就会消失。可能是因为最初创造他的时候,只考虑了校园内。

"对了,昨天那个,是谁做、的?"

---

[1] 日文中来袭的发音和下周的发音相似。

被她唐突一问,我不知道她具体指的哪个时间。

"昨天在庭院里弄响闹铃的人吗?"

"可能是班、级里、的笨蛋。"

我在想她为什么会这么问,然后明白了。虽然是我不想回忆起的。

"中川的室内鞋,是被扔在庭院里的。是昨天那家伙落下的吧。"

"不说白天、的事情。"

"说不定是晚上扔的。"

我第一次尝试反驳,矢野沉默了。然后立刻像个小学生一样说:"证据、呢?"

我当然立刻无视掉。

"如果是我们班的人做的,该是谁呢?"

"讨厌由里子的人。"

由里子是说中川。说到讨厌她的人,我脑海中浮现出一个身影。不是怪物,是人。

"安达、君、的推理呢?"

虽然不是推理,但排除我自己,我回想起昨天看到的那个背影。虽然没有矢野那么矮,但个子娇小,头发不到肩膀。

"如果是男生,笠井之类的……"

"说不定是女生、哦。"

"那个身高的短发女孩,我们班里没有吧。"

"有可能是、故意弄短、的。不管了,那安达、君的推理是、笠井、君。"

"嗯,但那家伙不会做这种事情的。"

"为什、么?"

"不是会做这种事情的人。"

我试图向不了解笠井的矢野说明笠井是个单纯的好人。当然关于中川本来打算做的事情,以及他对绿川的感情我没有说。

矢野想必也能感觉到笠井并不是那种会刻意去加害对方的人,因此对我所持有的观点表示赞同。

我说了一堆意见之后,矢野"呼——"地呵了口气。

"他真的、做得很漂亮、呢。"

做得漂亮?我不懂她的意思。

"头脑、也很好。"

"那家伙成绩超级差的哦。平时基本没怎么考虑过学习的事情。"

"原来你是这么、想他的、呀。"

我对想要说我没眼光还继续往下说的矢野有些不满。别说是笠井了,她明明和谁都不熟。

然而矢野却说:

"他肯定、一辈子也、不会有喜欢、的人。"

看吧,果然没明白。

"他和安达、君,不一样。"

"……喂,你以为你是谁啊?"

"是小井、来着?你喜欢、的。"

我对恋爱话题毫无兴趣的,忽然想到矢野曾经提议的"去夜晚的图书室看看"。如果那些家伙忽然来了,也有藏身之地,从这里过去也不远。作为消磨时间也不错,她却回我说"太笨拙了吧"。

"我可不想被你这么说。"

我不小心滑落口中的话语,矢野却回了一句"这是称赞、哦",什么鬼。

就这么说着,我们最终还是去了图书室。出教室的顺序还是和往常一样,我打开门锁,关上门。

"我觉得是、工藤、呢。"

走在走廊上,矢野仍然粗神经地大声说着。

"那家伙,不是这样的。"

"呼——果然很笨拙、呀。"

被她这么一说,我意识到是被她下套了,但仔细一想,也是我自己自掘坟墓。

快到图书馆的时候,她忽然快乐地跑起来。被自我厌恶侵袭的我慢慢跟在后面。

我很久没来过的图书室,和保健室一样,这里有着校园其他地方没有的气味。融在夜晚的静谧里,独特的氛围将我的心柔软抚平。

当我偶尔来到这里,总是会想起班里的某个同学,但我不能说。白天的话题到此为止。

"啊,是哈利、波特!"

顺着矢野的指尖一看,看到一整排引人注目的《哈利·波特》

陈列在那里。会读《哈利·波特》,说明她还不那么反常,我感到安心了不少。

就当矢野在图书室里兜兜转转的时候。我开始有点厌倦跟在她身后,于是在入口处待机。如果有人来了,顺便可以吓唬赶走。

在校门口的分身,目前谁的身影也没捕捉到。

看来今夜可以这样平稳地度过了。夜晚,对谁来说都平稳些好吧。

我在黑暗的图书室里,安静地,仿若融入了黑夜的一部分。

终于,图书室尽头的铃声响起来,矢野从书架间窥探一番,回到了这边。

"没、什么、想读、的书。"

"你不是不看书吗?"

"嗯,但是安达、君说,看书很、有趣。"

虽然没有流露表情,但我吓了一跳。我随口说的话她也记得那么清楚。并且,这样真诚地接受。

"但是没有光是、字,还很有趣、的书。"

"书不是只读一点点就知道有趣还是无趣的。"

"我想看、只读一点、点,就知道有没、有趣的书。"

我一边想着这种话你和做书的人说去,一边站起来,我催矢野先出去,然后用同样的顺序锁上了门。

"欸?"

"怎么了?"

"刚才,是矢野先进去的吧?"

"嗯!"

"锁呢?"

"开着、呢。"忘记锁门了吗?

警卫说不定会倒回来关门。我让分身从校门口折回来,比往常都小心翼翼地探查,一直走到换鞋的地方。整个过程中,矢野真的毫无危机感地哼着歌。

我提醒她,她就唱起"太龟毛、了,会被小井讨、厌的哦"。明天起我决定要带条毛巾来直接塞住她的嘴。

对了,明天我们也要在这个时间见面吗?

"明天见。"

出了校门,我第一次这样对她说,而她一脸认真地点头说"好的"。

回家的路上,我担心她撞上那些家伙,于是悄悄地跟在她的自行车后面。这一天我才知道,原来她的家就在附近。随处可见的那种,一幢小屋。

虽然我永远也不可能去的。

周
三
·
白
天

今天大家也对说着"早上、好"来教室的矢野视而不见。无论是中川的室内鞋，还是高尾的自行车，大家都开始怀疑是矢野干的，看着一大早就开始翻垃圾桶的她偷偷笑起来。看到中川受伤的样子，班里的女生更加团结了。在对矢野来说严重的事态愈演愈烈的时候，发生了一件让人高兴的事情。

我得到了必要的情报。

"今晚，太急了吧。"

一边感谢笠井给我的情报，一边紧张得吐露了真心话。

"嗯，我说我要玩游戏，别给我打电话。"

原来如此，对笠井来说，不，就算是对于笠井来说，那段时间也应该是玩的时间。的确，在我们班，有过笠井和矢野、元田一起打瞌睡的情况。

"小安，要不代替去我吧。"

"都说了我在睡觉。"

"也是哦——嘛,小安的话的确。"

笠井叹了口气,无可奈何地笑了。不知道是他接受了我的个性,还是只是想装傻笑笑,总之他原谅我了。

"嘛,总之不可能有怪物之类的,要么就空手而归,要么就是被警卫或者老师抓住。绝对是他们被抓住比较有意思,哈哈哈哈。"

看着笠井或许是想象出了元田他们被抓住的样子笑了起来,我也跟着笑了。"传说初一的学生也被他们弄伤,差点停学了。"笠井笑着说,我也附和着笑起来。

是的,现在不是我担心不认识的家伙们的伤势的时候。

今晚,是决战。

理科课结束后,看着和上周不同、规规矩矩地和矢野保持着距离的井口,我在内心做了一个决定。

周三·夜晚

"偏偏是今天"这种事，在我的人生里还挺多的。也许只是因为我记住了人生中糟糕的部分。

今天也是，"偏偏"是这种时候。

就在元田他们说要去学校捕捉怪兽的今天，在矢野口中的晚休已经开始了快二十分钟的今天，我还在家里。

在家里，以人类的样貌，在房间里徘徊。

"快点快点快点。"

就算我嘴里拼命叨念，黑色的颗粒也还未来到。偏偏是今天。

糟糕了。按照笠井所说，他们行动的时间大概是之前看到怪兽的时间。也就是说，此刻他们很可能已经到学校了。

就算是人类的姿态，我是不是也该前往学校呢？不行，如果在变身的时候被谁发现就糟了。

我担心是我姿势的问题，于是在床上趴着，试着踢踢腿，试着蹲下,却还是没有任何变化。

莫非,我脑海里有了一个最坏的想法?我赶紧摇了摇头。

是不是我已经用光了变成怪物的次数。

虽然觉得绝对不可能,但就算是这样也只能接受。

话说回来,我自己也不知道为什么会变成怪物,所以就算忽然变不了了也不奇怪。

不可思议本身就是一种不可思议。

怪物莫名其妙地来,莫名其妙的去。

但不是非要今天吧。

我回想第一次变成怪物的那夜。

那时,我是怎么变身的呢?

黑色的颗粒突然从我的口中溢出来了。起初我大吃一惊,不知道自己发生了什么,以为是场梦。

然而,虽像梦一般,却不是梦。

我之所以能立刻接受这种情形,正如井口所说,我有孩子气的一部分。

并且,就算变成怪物,夜晚对我来说也没有什么损失。想要守护的夜晚,对我来说并不存在。

化为泡影的夜晚,想要守护的夜晚,对矢野来说,却存在。

在等待着我的她来说,存在。

就这样让她成为不可思议的、无法被理解的存在,真的好吗?

真的这样吗……

"啊,来了。"

着实唐突,而今晚的变身终于来了。被蚂蚁在啃食的触感从我的指尖开始,传遍全身。

我打开窗户,只变身了一半的我奔出窗外。我相信成为怪物的自己。黑色颗粒慌张的形成着怪物的身体,下一秒,我变成流线型飞向了空中。

快点,快点去学校。

我觉得只要祈祷就能加快速度。或许只是我的错觉。

就算在这样的时刻,一颗颗黑色的颗粒也能感受到晚风的舒适。

比往常更早了几倍,可能只用了几秒就到了学校,我赶紧派出我的分身,让他去有警卫室的那栋教学楼,而我往教室赶去。

换鞋处的门,微微敞开。

是矢野,还是那些家伙。

无论是谁,我都变成了战斗状态往黑暗的教学楼走去。

没关系,没关系,如果看到了怪物,谁都会吓得逃跑的。

所以,没关系。

为了随时方便合体,我让身体保持着较大的样子,安静地侵入校园。

分身此刻似乎也没发现异常。

首先,去教室。如果那些家伙撞到了矢野就……就该怎么办,我完全来不及思考,走一步是一步。

我上到三楼,保持怪兽的样子在走廊上走。比平时更架着肩膀,高高地竖起尾巴。虽然不知道有没有效果。

一步一步，我往教室靠近。到了跟前，我偷偷往里面看了一眼，没有人。我一直都从后门进去，但今天为了确认矢野来了没，打开了前门。

门发出沉重的声音，被打开了，矢野没有来。我正在想平时门锁究竟是怎么开的，但现在不是想这个的时候。

我小心翼翼地将脚踏进去，用尾巴敲了敲一旁的桌子。

"在！"

听到这个笨蛋的声音，我感到一阵安心，立刻想回她一句"笨蛋！"，听见声音的我往清扫工具箱附近靠近。

"如果不是我的话你怎么办！"

我压低声音，现在才传来"咚咚"的回应。这个时候还有什么意义。

"那些家伙，今天似乎要来。总之你要先藏起来哦。"

再次听到敲击的声音，我锁上了前门，来到走廊上。那些家伙大概还没来吧。分身什么都还没发现。或许我应该让他去校门口。

我打算去楼上看看。我来到楼梯口，一步步，安安静静。

仔细想想，他们说要抓怪物，只是过过嘴瘾罢了。实际上他们对于怪物是否存在这回事，半信半疑，也许根本没真的相信。他们只是想来学校打发时间，美其名曰来抓怪物。这么想的话，赶走他们也不是难事。

说回来就算抓到怪物，他们打算怎么办。养着？杀了？卖掉？

是怪兽哦？是怪物哦？这些小孩子能干什么。

我才不会输给这些家伙。

那些头脑简单四肢发达的家伙，夜晚的我才不会输给他们。

"欸？"

是在五楼。

从楼梯旁的厕所出来的男孩，和我四目相对。

"……！"

我强忍着将差点奔出喉咙的声音咽下去，完蛋了。厕所的水声和冲便器的声音我没当一回事，完全没有下意识。

"唔，哇啊啊啊啊啊啊啊啊啊啊啊啊啊啊啊！"

看到我，对方理所当然地尖叫。这家伙，貌似是之前在棒球部见过的，笠井的朋友。

我努力身心一起用力。

我将身体膨胀，张大嘴，演起之前赶走野狗时学到的要领，嚎叫。

"XXXXXXXXXXXXX[i]！"

虽然是我，但其实也只是发出了捏锡箔纸那样的声音，对方吓得屁股着地。很好，害怕了。

当我瞪着发不出声音、屁股着地拼命后退的男生时，身后忽然发出了声音。

回头看，音乐室的门开着，两个人呆呆地看着这边，是元田和隔壁班的家伙。先将为什么音乐教室的门会开着这件事放

---

[i] 原文中作者用符号 xxxxx 代替怪物嚎叫的声音，下同。

在一边。

一共三个人。

我不得不威胁他们,让他们不要再靠近这里。我在心中确认自己的任务。

我先是跳过坐在地上的男生,将三人放入同一个视线里。屁股着地的男生又再次发出惨叫,在地上打滚。

我试着在喉咙里酝酿声音,屁股着地的男生扶着双腿艰难地站起来,从我上来的楼梯往下逃。逃走是好的,三个人一起走就更轻松了。

"呀!"

刚好分身到了楼下。分身在楼梯口追赶屁股着地男,我往前,把三人逼到墙角。

如果逃进音乐教室就麻烦了。

我用分身看守他们,从窗户跳出去,在音乐教室中徘徊,然后锁上门。女孩子一般的"欸?"实在让人难为情,我将这一切抛在脑后出去了。

就这样回到走廊上也没意思。

就让警卫觉得这是场梦吧。我来到庭院里,变成他们口中怪物的大小,用大大的眼球从窗外瞪着他们。

一刹那,时间仿若停止一般寂静。接着听到了教学楼里的惨叫。

我笑着追赶一脸狼狈、差点摔倒的三人。当然小心不要发出人类的声音,只用怪物的嚎叫。

我让分身将三人诱导到楼梯那里，然后自己也侵入校园，赶这些家伙们下楼。中途屁股着地的男生脚一滑摔得屁滚尿流。我从上方步步逼近威胁，让分身在楼下，将元田他们堵在四楼。

"别过来！"

屁股着地男慌张地站起来爬下楼梯，和在四楼的元田他们汇合。

在连接三楼的楼梯口处，我让开一条路确保他们能够逃走，让分身从楼下，我从楼梯上瞪着他们。

此刻，还有什么其他特别的办法可以威胁他们吗？

我喉咙咕咕叫着思考，耳边忽然传来元田咋舌的声音。

"有两头啊。"

我以为他只是抱怨，没想到，元田竟然亮出了我想也没想到的举动。

他将刚才一直握在左手的棒球棍换到右手，开始殴打我的分身。

"嗷哇！"

不知道受到攻击该如何反应的我，立刻将分身撤下，扭动全身试图恐吓他。

我全身心演绎的愤怒，吓得元田退了一步。我趁机和分身一起往前靠了一步，试图向他逼近。

这家伙怎么回事？虽然不会被暴露，但我那不知道有没有的心脏怦怦直跳。

忽然殴打不知道原型是什么的怪物，这家伙疯了吗？

元田回到两个同伴的地方，握住棒球棍做好准备。分身无法反击，而分身遭受攻击后本体会愤怒的事情不知让他想到了什么，元田的嘴角浮起一个平时让人讨厌的笑容。

"这边是小孩呀。"

虽然他对于分身的判断是错误的，但这对我来说并不有利。

我大概猜到了元田接下来的行动。

"哇啊！"

元田再次朝着分身挥舞起棒球棍，分身一躲避，他就变本加厉攻击。

我猜到了他会做这样的事情。这家伙，是那种看到弱小就会兴高采烈地去欺负的人。他看分身时的眼神，和他白天看矢野时的眼神一模一样。

躲避元田的攻击并没有问题。真的发生了什么我逃跑起来，他们肯定追不上。他身后的两人僵在原地。

所以，糟糕的事情只有两件。

一是，暴露我受到攻击也无法还击。其实，从刚才起我就命令分身被棒球棍攻击的时候反击过去，但是分身却无法像往常一样听话。可能是我第一次使用这个能力时，没有设想过会有攻击的场景。

还有一个，本体的我不能让他们触碰到。正确的说，我不知道他们触碰后会怎样。如果黑色的颗粒将他们也变成了怪物，那么形势就会颠倒过来。

我没想到元田会这样贸然行事。

分身渐渐往后退，我不得不先向他们暗示我会攻击他们。

我想象着之前在楼顶上的事情，张开嘴，尽量让体内的黑色颗粒喷出比上次稍微弱一点的火焰。小心谨防不要烧到他们。慎重再慎重。

"哇啊啊啊啊啊！"

围绕着元田的两人感受到了热气，跳了起来。似乎有点效果，两人慌慌张张地往元田的地方逃去。

"这家伙能喷火！""完蛋了！""逃吧，快！"

听到这样的声音，我渐渐收紧范围，说好听点是想把分身放在中间。然而分身此刻仍然是防御状态，不能一直保持这样。我不能让这些家伙逃走后又回来。

接下来的行为，纯属我的轻率带来的失误。做错了一个动作。

我让分身先把他们赶出去后，再收回来就好了，然而我轻敌了。当元田他们放松攻击的时候，我让分身从他们三人的头上跨过。

我没想到，元田竟然会这样冒失。

当他看到分身跳起来的瞬间，立刻反射条件一般地朝这边丢棒球棍。那瞬间，棒球棍打到两人之后顺着轨迹，不幸地擦到了分身的尾巴。

一刹那，分身像烟雾般消失了。紧接着，走廊的日光灯被打破，发出响亮的声音。

一瞬间，时间仿佛停止了。

"……糟了糟了！"

屁股着地男一边说一边朝着我在的反方向逃去。

我也同意他的看法。糟了。

然而,立刻有了危机感的只有逃走的家伙和我。

剩下的两人和我对峙着,我流下了也不知道是不是真的会流的冷汗。

日光灯坏了一盏,当然很糟糕。

然而,对于我来说有更糟的事情。被武器攻击后分身会消失的瞬间,被他们看见了。

他们或许觉得攻击对我来说也有用,说不定,碰到的东西如果充满恶意就能生效,我不能确保没这样的规矩。

因此,就算今天这些家伙回去了,还会再来学校抓我也不一定。

干脆,用什么东西殴打他们让他们晕过去算了。不行,变成怪物后我从来没有直接攻击过,不知道轻重,会杀死他们也不一定。

我想着这些,想干脆先再让分身出来一次。然而怎么都不出来,应该是有什么规则。

不能被他们小瞧,不能让他们不怕怪物。

我小心翼翼地在嘴边喷出火焰,试图将火焰调整到比刚才更大。上演一场失去同伴的愤怒。

"喂,差不多该逃了吧。"

隔壁班的男生一步步后退,给元田忠告。元田随着这个声音往后退了一步,瞪着我。

"这家伙,也能干掉吧?"

"说什么傻话!快逃吧,不然警卫要来了。"

要先进攻。所以,在他们准备逃的时候,我一步向前。同时,试图发出震耳欲聋的声响。就算这个声响引出了警卫害他们被抓住也没办法。

似乎我的行动很正确。他们或许觉得怪物真的生气了,远远地逃跑了。

我将身体膨胀到走廊宽窄的大小,追赶他们。不让他们逃掉,但也不能立刻追上,只是小心翼翼地跟在后面。用这六条腿和张开的血盆大口追赶他们。

正合我意,他们跑得很快。此外他们还有正确的判断力,被逼到教学楼的角落后立刻迅速改变前进路线爬上楼梯。我倾斜身体紧追其后。

摇晃的尾巴敲击着墙壁。

好几次响起的声音让其中一个男生,隔壁班的那个,在上楼的途中不由自主地回过头来。他在四楼和三楼的途中,跳最后一步台阶的时候他踩空一层,摔了一跤。

我迅速避开他往上跳起,趴在透进月光的窗台上。紧急出口绿色的灯光让现场气氛诡异。

"等等我!"

来不及判断隔壁班男生的这句话是对我说的,还是对元田说的,我沿着天花板前进,倒转凝视他。受到重力吸引引力的怪物感觉愈加恶心。

如果这些家伙就此害怕作罢就好了,然而并非如此。

元田用上半身看着这边,并没有打算逃跑。

此刻,我的视线被一道强光袭击。

我被突如其来的行为所惊吓,闭上八只眼睛像逃离什么一样在天花板上移动。

"喂,快逃!"

是隔壁班男生的声音。我在闪烁的视网膜间探寻声音的方向,看到他手里拿着手机。原来是那里发出的光。黑色的怪物都会害怕光,这可是动画片和游戏里才有的桥段。但是,对于原形是人类的我来说,这招还是管用的。

在他们逃走前,必须再吓唬一下他们,目眩的我一边下楼追他们一边想。我降落到地板上,向他们接近。

就这样追到一楼去,在运动场上燃气大火威胁他们应该就可以了吧。

我虽这么想,他们却没像我期待的那样行动。

"过来!"

这么说着的元田没有继续下楼,而是往走廊跑去。一旁隔壁班的男生慢了好几秒才回过神来发现"过来"是在叫自己。我也紧跟其后。

什么意思?他准备干什么?

我发出声响紧追其后,只见他们来到我们教室的前门,试图打开。

那瞬间,我按住内心的躁动不安,盘算着矢野打开的门已经被我关上了。

锁发出咔嚓的声音,证明门锁正派上用场。

"为什么,混蛋!"

再次试图逃跑的元田骂骂咧咧,不知为何他觉得门应该是开着的,我紧跟在这些家伙身后,装作要吞掉他们那样张大嘴。

而接下来我真的目瞪口呆。

元田毫无征兆地奔向后门,握住门把。一门心思以为门被关上的我遭受了背叛。后门,被打开了。

他俩溜进教室,我按捺不住势头,越过了教室。

为什么?这个词语在我脑海中徘徊,身后传来门被锁上的声音。

我总是从前门进来所以没有注意。难道矢野,也把后门打开了吗?为什么?此外,为什么元田他们一副知道门是开着的模样往教室里逃?

焦虑的我在走廊折返,从窗户往教室里看。大汗淋漓的两人正在往这边看。

和他们一样,我也紧张得全身脉搏剧烈跳动。在他们身后,有藏着矢野的扫除工具箱。被发现就完蛋了。

然而,就在我觉得就会完蛋的时刻。

我看到扫除工具箱的盖子塞塞窣窣地被打开了。不知道她是不是为了确认状况,我看到了美滋滋的矢野的脸。

笨蛋!我忍住想要骂人的心情,心想不得不转移他们的注意力。

我像以往那样，先是使用想象力。和以往不同的是，我尽量慢慢地，慢慢地，煽动他们的恐惧。

我分离成液体状，从门的缝隙间往教室侵入。像是有毒的液体，或者有毒的煤气那样侵入，一点点一点点，如涨水般在教室里渗入黑色的影子。

面对这意想不到的侵入方式，两人如我预料那般惊呆了。紧接着，我慢慢形成一个比在走廊上时稍微小一点的形状，然后听到了他们的惨叫。

怎么了？没料到我能做到这样？怀着这样的心情，怪物咧着嘴笑了。

"什么啊，这家伙！"

元田一边骂，一边拿起身旁的椅子向我掷来。我用尾巴接住椅子，轻巧地向元田掷去。就像递给矢野雨伞时那样轻松。我想让他知道，我可以接触物理上的东西。

受惊的元田好不容易接住椅子，用憎恨的眼神看向我。

"竟敢小瞧我！"

他们或许觉得我是在玩弄，或者把他们当成猎物。实际上，我可没这个闲心。想不要让对方触碰，并且吓唬他们，让他们再也不敢来了，真是件困难的事情。但是，让元田觉得我是在玩弄猎物的感觉说不定刚好。

因为，这是他平时爱做的事情。

我怀揣和紧张不同的感情，全身躁动起来。

话虽如此，我也不能太悠哉。我得在矢野被发现之前，将他们赶出教室。

将他们赶到阳台上,让他们跳下去,不太妙。这里毕竟是三楼。

就在我思考要想什么方法赶他们出去的时候,他们倒先行动了。

就在班里每个人都被分配的柜子上,有一把剑道部的工藤放着的竹刀。元田将其握在手中,准备对我进攻。

被剑指着的我,心想糟糕了。

糟糕的并不是元田进攻的姿势,而是他身后那个被同伴奋战的雄姿所鼓舞的家伙也想要参战,于是开始找武器。

他目不转睛地看着这里,将手伸进扫除道具箱里。以为这样不会被我发现吗?

怎么办?心脏和大脑一起发热。就在我想着必须要做点什么,但贸然行事也不好的时候,已晚了一步。

他的手,开始摸索道具箱的把手。两次扑了空,但第三次抓住了门把。他似乎试图悄悄拉开门。

然而扫除道具箱却无法被打开。应该是里面的矢野拉住了。

然而我只安心了一刹那。

"我在里面、哦!"

这人是傻子吗?!

就在我准备叫出声之前,两个人听到突如其来的高分贝声音吓得跳起来,赶紧和扫除工具箱保持距离。太好了。我将叫声憋下去,就是现在了,我朝着工具箱跑去。

就在那一瞬间。所以,也并不是因为想起了矢野之前的话。

我张开大嘴,将扫除道具箱咬住。

我在想象。

想象我的体内,是一个宇宙。和从外面看到的体积不同,我的体内有无限广阔的空间。我的嘴是这个空间出入口,我什么都能吞进去,然后关上,还能自由地吐出来。

我像是吞掉鸟和鱼一样,几秒便将工具箱吞进了嘴里。

在还来不及思考我是否能做到这样的事情的短暂瞬间,我就完成了。哑然失色的两人面面相觑。

我又以为时间停止了。

"哇啊啊啊啊啊啊啊啊啊啊啊啊啊啊啊啊!"

看来,怪物能吞掉比自己还大很多的东西这件事让他们极其震惊。两人尖叫着,双脚打颤地跑出了教室。

只要用想象力,什么都能做到。

我虽然并不相信,却一直在想,如果真的能做到。

能够长出翅膀在天空中翱翔,能够潜入地面,能够瞬间移动,其中还有一个,是能够拥有四次元的口袋。虽然作为怪物,只能用嘴当出入口。

如果我做到了,被寻求帮助该怎么办?我一想到这个,便觉得恐惧而不敢尝试。这是我有怎样的力量都不敢去做的。

然而,晚上的我便没关系吧。如果不这样,这家伙会自投罗网被发现。这个什么都做不了的家伙。

如果是怪物,帮助她也没所谓吧。

待到元田将胡乱丢掉的工藤的竹刀放回架子后,我开始追捕他们。我要将他们牢牢实实地赶出学校。

追逐屁滚尿流的两人非常容易,为了让他们知道我在身后,我不断发出声音,当他们一回头,我又开始叫,让他们拼尽全力逃跑。

我看着大叫"别过来"的元田。心情变得好了一点。

下了一楼,他们规规矩矩地跑向换鞋处,就这样往外面逃去。此刻我才知道,他们和矢野不一样,并没有换鞋。

到了外面,我终于可以将身体自由放大。

我找到了跑到校门口的他们。规规矩矩地等着那两人的屁股着地男也在。

我在他们的身后,把身体膨胀到像个怪兽那么大,将他们逼到下一秒就要踩到他们的位置。开始躁动的黑色颗粒们虽然像靠垫般不发出声音,却如尘埃起舞。

直到抵达校门口,他们摔倒了两次。到了最后确保胜利的关键性环节。

我提高注意力,确保周围没有任何人,然后朝着他们所在的校门方向,开始喷火。和我想象中一样,在出了校门的地方,火焰顺着他们逃跑的轨迹放射攻击。

这对他们来说似乎太热了,三人摔倒在地看着我,无法动弹。似乎站不起来了。

他们比我想象中还要软弱。我不知道如何是好地站在原地,元田在叫喊着什么。

我仔细一听,似乎又在骂骂咧咧。那就张开眼睛盯着他吧。

"混蛋!你到底是什么家伙!"

是你的同班同学——当然我不会说的。

"我没做错什么吧!"

是的,你的确还没做错什么。做了我就困扰了。当然我也不能回答。取而代之,我伸出一只脚踏了过去。彰显我想踩碎他的意思。

不管我威胁了几次,元田抬起头,虽然恐惧暴露无遗,但还是虚张声势地瞪着我。

我差不多觉得有点烦了的时候,那家伙却说了一句话。

"你在我学校到底想干吗!"

那一瞬间,我脑门一热。

"……不是你(一个人)的学校!"

最终,还是没忍得住。说漏嘴了。

觉得糟糕也晚了。元田似乎也清晰地接受了我说的话。他睁大眼睛,僵在原地。

完蛋了。被他听到了声音。我是怪物这回事,就要被暴露了。

之所以这么担心,是因为我拿一下子就听出我声音的矢野当成了全班标准。

"还能说话啊……"

听到元田说出这句话,我松了口气。的确也是,这种外形的怪物,和自己使用同样的语言,还如此有文化,光是这点就足够震惊吧。没有哪个笨蛋听到这个声音就能想到是谁。

"哇，我知道了！"

知道什么了？

"我不会再来了！不会来了！"

元田用谦卑的态度说到，然后站起来，抛弃同伴落荒而逃。隔壁班的家伙也跟站起来，说着"等我！"追了过去。

貌似他误会了我说的话。那些家伙，以为我想宣称是这个学校的主人。这样也刚好。晚上他们应该不会再来学校了。

我用巨大的身姿监视他们逃离学校。

不愧是运动部的飞毛腿，他们很快就跑得无影无踪。

我用不知道究竟有没有的肺深深地吸了一口气，然后长长地吐出来。

似乎，结束了。

我保持怪物的姿态仰望天空，缠绕身躯的紧张感逐渐消散。

太好了。

我胜利了。赶走他们了。赶走了元田等人。

我全身切实感受着达成感，又想起了井口曾说我孩子气的那些话。

夜晚的我，一定天下无敌。

只要有想象力，可以去宇宙的任何地方，这么想着的我，忽然想起了吞下去的那家伙。糟了，不是该我多愁善感的时刻。

我不知道该被吞进我的身体里会怎样。光凭想象，应该是在宇宙中徘徊的光景。

本打算去教室的我转念一想，决定先去一趟屋顶。如果吐出来的时候,气势汹汹震坏玻璃可就不好了。本来就弄坏了一盏日光灯。

我用力往上飞,在空中调整好一个容易坐下的姿势,然后降落在楼顶。

想赶紧将扫除道具箱吐出来,却忽然有些不安。

虽然我想象出了宇宙空间,但我身体里没有氧气,矢野窒息而死了怎么办之类的。如果我体内有个黑洞,将扫除道具箱整个挤碎了该怎么办。

……我被吓得不知如何是好。但总得将他们吐出来。

我鼓起勇气,慢慢想象出从嘴里将一切吐出来的场景。

从我口中深处,四个角的箱子露面了,黑色颗粒将它推到外面。总之,没有被挤坏,我放心了。

我全力吐出来的时候,好好地用尾巴将其支撑。让箱子不会被摔倒地,慢慢地放在楼顶。这个扫除工具箱也没有想过自己会来屋顶吧。

接下来是矢野同学有没有窒息的问题。

我站在月光的照射下显得有些令人毛骨悚然的扫除工具箱前。等了几秒,听到里面没有任何反应,我用尾巴抓住把手,诚惶诚恐地打开盖子。

箱子里,矢野闭着眼睛笔直地僵在那里。

不会是,死了吧?

担心的我朝里面一看,矢野忽然啪地一声睁开眼睛,吓得我跳起来。

矢野眨巴了好几次眼睛,然后往外走了一步,撅起嘴:"唔。"

"……唔?"

"唔唔。"

"……"

到底是想说什么?我朝她靠近一步,凑上耳朵。

"唔唔,唔唔唔,唔唔唔唔,唔唔唔唔唔唔唔唔哇啊啊啊啊啊啊啊啊啊啊!"

她忽然呐喊起来。

毫无心理准备的我被这突如其来的爆音吓得身体跟着心跳一起痉挛起来。

矢野却丝毫没有在意这样的我,将自己身体中的空气一股脑全部吐了出来,然后又大大地吸了一口气,嘴巴"哇"地张开。

"哇啊啊啊啊啊啊啊啊啊啊啊啊啊啊啊啊啊啊啊啊啊!"

像个坏掉的玩偶般大吼的矢野,紧接着原地蹦跶起来的矢野,脸上是美滋滋的笑容,若是被怪物吞了一次疯掉就太可怕了。然而,似乎并不是这样。

"好厉害,啊!太、厉害、啦!"

矢野在楼顶嗒嗒奔跑,绕着楼顶转圈。

"差点、被发、现啦!"

来到我跟前张开双臂,美滋滋地大叫的矢野。

"可以吃掉、啊!"

"安静,你声音太大了!"

虽然提醒他的我的声音也很大,但她的音量却比我还大一圈。

"吓死我、啦，啊啊啊啊啊！"

完全不听劝告的矢野让我有点生气。

"我说矢野同学！"

"怎么啦！怎么啦！"

"被吓死的是我吧！你一会儿露脸，一会发出声音！"

"是呀！是呀！"

"'是呀'个头啊……"

明知我的不开心，她却很享受，摆着笑脸摇晃着身体。晃晃悠悠。

看到她这模样，我忍不住扑哧一声。一定是被气得反常了。

还因为一些兴奋。

"你真是的。"

我自己也知道，这句话里完全没有指责的情绪。一定是因为我渐渐将奇怪当成了乐趣，这个奇怪的同班同学。

当然，正因为这次没事，下次如果再遇到，一定要坚决提醒她。虽然眼下应该暂时不会有这类事情了。所以，此刻就算沉醉于胜利应该也无所谓吧。我大概也能明白矢野兴奋得活蹦乱跳的心情。

我沉默着观察矢野的举动，她活力充沛地像个小孩般手舞足蹈，踩着阶梯蹦蹦跳跳。终于等到体内消耗完毕，她抽动着双肩呼吸，看着自己的双手。

"麻掉、了。"

"你才发现吗？"

"刚才很可、怕。"

"……矢野同学果然还是很奇怪吧。"

我像和朋友开玩笑一样吐槽,矢野大口喘着气,抖动着双肩,将头微微倾斜。

"什么?"

我用尾巴指着她。

"没什么。矢野果然很奇怪。"

"没这回、事。"

把头摇成个拨浪鼓似的她果然很奇怪,我又笑了起来。

"刚才在教室里是,现在也是。"

"嗯——?"

"这个表情。"

我趁着在兴头上,将一直想的话说了出来。

"表情?"

"一边说着很可怕,一边这样笑,当然很奇怪。"

我带着一点点恶作剧、一点点捉弄她的语气。让我担心死了,这点"报复"应该还算合理吧。

好像是对朋友那样,不用考虑是否伤害与被伤害。

矢野愣了一瞬。接着摸着自己的脸,"啊,啊啊"地一副明白过来了的模样。然后,像在跟我交代忘记说的事情一般地说,"我呢,"她将摸脸的手移到嘴边,"觉得可怕、的时候,会勉强自己、笑起来。"

然后她用手将自己的嘴角提起来。

"是这、样吧,美滋滋的、笑。"

美滋滋。

"……欸?"

美滋滋。美滋滋。

她咯咯咯地将嘴角拉扯到了极限。

这就是,她每天的那个笑脸。

每天都在看的,奇怪的笑脸。

"是我的坏、习惯吧,总是这样、呢。"

矢野一边揉着自己的脸蛋一边说。

总是这样。

什么时候都是这样?

我绞尽脑汁,思考矢野的话中之意。

体内残留的兴奋,忽然被夜风全部带走。

"欸?"

美滋滋地笑,此刻,在我面前的矢野。

被元田用塑料瓶砸的时候,也美滋滋地笑。

每天,对同学没必要地打招呼时,也美滋滋地笑。

对井口实施暴力时说着"我也不知道"的时候,美滋滋地笑。

第一次见到化身怪物的我,也美滋滋地笑。

矢野总是在笑。

在班里的集体意识产生变化的那一天也是……

我,觉得快要无法呼吸。

"怎么、啦?安达、君。"

矢野的声音渐渐远去。

我的脑海深陷在至今为止的记忆之中。

无数次,她都用这个表情在笑。

我一直在想,她为什么能一直这样笑。

因为头脑有问题。因为和我们脑回路不同。所以才能这样,心满意足地,自顾自地,不会察言观色地笑下去。

因为她和我不一样,所以很正常。

我以为这就是理解。

若真是理解,就好了。

"安达、君?"

时机正巧,这时,她手机的闹铃响了起来。要是在那些家伙在的时候响起来了该怎么办之类的,我已经不想说了。

"总、总之先把扫除工具箱搬回教室吧。"

被闹铃敲出意识的我,再一次将扫除工具箱吞了下去。做过一次的事情,重复一次就简单多了。

我们静悄悄地移动好扫除工具箱,从晚上的学校放学了。

"明天、见。"

校门口,我没有回应她的道别。我没有看她的脸。

"谢谢、你。"

对于感谢的话语,我"嗯"上一声,然后向天空中飞去,将一切抛在脑后。

本想就这样去哪里走走,但忽然想起些有的没的事情,我跟在歪歪扭扭骑着自行车的矢野身后守护着她。

我想起来了。那天，她独自回家的时候，展露出了不是给任何人看的、心满意足的笑容。

接着，我想起了另一件无关紧要的事。

矢野同学，对晚上的我，渐渐不会那样笑了。

我想，我不能再来晚上的学校了。

周四·白天

和往常一样的早晨。应该毫无问题的日常。

我装作没有看见元气满满地和大家打着招呼进教室的矢野。

被橡皮大炮袭击的时候,被女生们故意大声说坏话的时候,坚决不看矢野在的方向。

坚决不看她那肯定和平时一样的笑脸。

和往常不同的,是我的内心,但这种事情,凭我的意志就能掌控。所以,我决定今天要比往常更加忽视她的存在。

除此之外,比起矢野,有三件事更让我在意。还是在意这个吧。

第一是元田没有来学校。关于这个,嘛,我想他是误解被威胁今天不要来了。就算说看到了怪物,也是没人相信的吧。毫不犹豫地相信的人才比较奇怪吧。

另一件事,是那盏坏掉的日光灯,似乎完全没有引起骚动。

搞不好，是为了不传出奇怪的传闻而刻意保密。我有些在意。

最后，是昨天棒球部的窗户又坏了这件事。虽然笠井开玩笑说"莫不是元田弄破了窗户，怕被发现所以不敢来学校了？"之类的，但知道真相并非如此的我，担心是否被真正的犯人看到了自己的怪物模样。

我不想再做一次驱赶侵入者那么麻烦的事情了。并且，我再也不想晚上的学校了。

第二节课结束后的二十分钟休息时间里，我打算暂且去看看日光灯情况。

我装作去厕所，悄悄溜出教室。想想灯应该被换过了，但还是想去看看。不，也可能我只是想溜出教室，把日光灯当成借口。和溜进学校的元田他们找借口类似。

来到四楼，发现日光灯也换了，也是在常理之中。我又顺便到了五楼想看看昨天战斗留下的痕迹，什么也没发现。我在五楼上完厕所，回到了教室。

这时候，和从四楼上来的同学擦肩而过。虽然被人撞见从五楼下来不好解释，但是她就没关系。

我装作若无其事地，举起一只手打招呼。

"哟，去图书室吗？"

"嗯。"

绿川一副我明知故问的态度点点头，我忽然想和她多聊几句。

我明白，这也是我为了不待在教室里找借口。

"你在看什么书？"

我一问，绿川便将书递到我跟前。我明明是毫无意识地问了一句，看到书的时候却吓了一跳。

"《哈利·波特》？"

"嗯。"

"……书也很好看吗？"

"嗯。"

看到绿川点头，我稍微安心。毫无意义的安心。

对话中断了，绿川若是不抛给我话题，我拖延时间的作战基本就结束了。就在这时，她的目光忽然移往五楼阶梯的方向。

"啊，啊啊，我想整理一下睡乱的头发。五楼厕所没人。"

我随便找了个借口，绿川"嗯"地点头。不知道在肯定什么。是"哦哦原来你找这种借口啊嗯嗯"之类的意思吗？如果真是这样，笠井该幻灭了吧。

为了延长对话，我想顺便帮朋友美言几句。

"对了，据说今天棒球部的窗户又破了。"

"嗯。"

"啊，你知道啊？高尾的自行车也被偷了，乱七八糟的事情很多啊。"

"嗯。"

"之前，中川的室内鞋被人恶作剧，大家都怀疑矢野的时候，笠井却说没有证据吧。那家伙平时一副什么也没想的样子，其实这种时候有认真思考呢……"

绿川一言不发，且一动不动。是我的话题太生硬了吗？从她的反应来判断,不知道有没有听进去。

就到此为止吧。

"那么,待会儿上课见啦。"

就在我掠过绿川,下了两三步阶梯的时候。

"笠井是个坏孩子呢。"

我一瞬间,不知道声音从哪里来的。转过头去,才意识到这是绿川的声音。

和我四目相交,绿川立刻装过头,往图书室走去。

除了课堂发言,听她说点别的真是太少见了。

笠井是个坏孩子。欸?

对于绿川说的话,我怀着满腔疑问,目送她的身影消失在转角。

那天,我绞尽脑汁思考绿川想要对我传达的信息,却什么也想不出来。

虽说也有"莫不是"的想法,但那种不可能的事情想多了也没用。

今天发生的特别的事情,就是这些了。

还有,井口的书包上,仍然没有挂上龙猫。

周四·夜晚

楼顶的风，总是让人心旷神怡。

明明说了不来的。我想。

我来到学校的楼顶，是担心万一元田他们再来学校。

我确认矢野在教室里，然后让分身在教室前守候。

我自己，没有要见矢野的打算。

和昨天不同，今天的校园很安静。我吹着晚风，胡思乱想。

为什么今天绿川对我说了那样的话？

她在看《哈利·波特》。

想问问她的感想。

笠井知道了，会怎么想呢？

棒球部的玻璃窗破了⋯⋯

昨天，追赶元田他们的时候，他们知道我们教室的门没锁，难道是因为在我来之前进过一次教室？

所以矢野才躲进了扫除工具箱里。

如果这样还做多余的回应。真是傻也有底线吧……

……什么啊。

……

在害怕吗……

结果不管我想什么都能想到这个。

听到矢野的那句话,我感觉到了恐惧。和她所说的恐惧不同的恐惧。

我是担心听到那句话的我,心中的指南针会转向和全班不同的方向。

如果想法偏离、认知偏离,不知道会不会在某个瞬间不由自主地说出口,做出来。

像以前偏离大家的井口那样,每天都遭受侵害,绝不能变成那样。

我不想变成那样。

怪物咬紧牙关想到。

你是哪一派?我仿佛听到了她的声音。

我不是矢野派。

终于,晚休的时间结束了,在矢野打开教室门的那一刻,我让分身消失了。就算我不来,矢野也尽情享受着晚休,然后回家。

我终于意识到,不知从什么时候起,晚休的时间变成了我夜生活的中心。

这可不行,于是我去了很多地方玩,直至天亮。

谁也不知道我的秘密。

周五·白天

我在鞋箱前碰到了工藤，在他的露出虎牙的笑脸那里得到治愈的我，还没挺过五分钟。

"早上、好。"

和工藤一起走进教室的时候，遇到了元气满满打招呼的下楼的矢野。

我像往常一样，视而不见。我不要看矢野的脸。

当然，工藤也无视了她。这是理所应该的。这是我们全班同学正确方向。矢野也没有寻求回应，快速下楼了。

我以为接触就这样结束了，却发现自己安心得太早。

工藤转身朝着矢野的方向，似乎，将手里那盒的咖啡牛奶扔了过去。我听到地板和室内鞋摩擦出刺耳的声音，转过头去，看到的场景和想象中的大同小异，基本上砸中了。

盒子不偏不倚地击中矢野的后脑勺，掉落在地。虽然里面基本空了，但从吸管上蹦出的液体粘在了矢野的头发上。

"欸！"

听到矢野发出这样的声音，工藤转过身来对我露出笑眯眯的脸，说着"然后啊"接住刚才的话题。

好险。但还好我仍然"嗯"了一声，跟上工藤的步伐，将身心调整回原本的状态。也就是调整回我遇到同学，有说有笑地往教室走的途中听着同学的抱怨的自己。

回到教室，想起刚才发生的事情及其隐藏的意义，我变得有些害怕。说不定，我已经开始偏离大家的轨道了。

工藤是那种可以无视矢野到让我怀疑他是不是真的看不到她的存在的人。主动去捉弄她，一般是在被人煽动的时候，或者是矢野不小心没边界地冒犯工藤的时候。在这个班级里，我原以为她保持着像她这样不算极端的价值观和态度。

而这样的工藤，刚才的行为。

难道是因为井口和中川的事情，煽动了大家动手的欲望，以及团结意识。

我调整了一下坐姿。

我不得不提高警惕行事。

一不小心，就会被人觉得不是这个班级的一员。

就在我这样紧张的时候，毫不紧张的我行我素的某个家伙笑着靠近这里。

"元田，该不会是被怪物吞掉了魂魄吧？啊哈哈哈哈。"

我被笠井阳光有活力的笑容所拯救了。

虽然是个玩笑，但仔细一想他说得也没错。如果是因为被我威胁而不敢来学校了，那就算说那家伙的魂魄被吞掉了也没错。

笠井掏出手机，给我看昨天在路上遇见的野猫。是我在晚上见过的野猫。

随后话题变成你是猫派还是狗派，笠井说是猫派，于是我也配合他说自己是猫派，就在这时，忽然一个巨大的人影在走廊上出现。

"笠井，这个没收。"

是四班的班主任。虽然是神色严肃的老师，笠井还是先来了一句"喂，不是吧！"的哀嚎。这时班里好几个人立刻把自己的手机放进了口袋或者课桌里。

"那是理所当然的！"

"这是很重要的东西，我想要自己保管！"

"那就放在家里保管。不能带来学校。好了快点！"

笠井伸出手，极不情愿地把手机放上去，严肃的老师说会转交给我们班主任的，然后离开了。

不甘心到极点的笠井说着"什么嘛，明明大家都带了，中川也是"，试图将大家拉入话题，倒是挣来了几个同情的皱眉关心。

看到生气的笠井回到教室，我发现了一件从之前就开始在意的事情。

原来如此。

所以，井口的书包上的没有龙猫啊。

因为是重要的东西。自己也许无法很好地保护它。

我偷偷看了一眼井口。对其他女生说的话微笑着点头的她。

虽然在极力修补关系，但是井口已经踏到了团结意识的边缘，我懂了。

她也很害怕吧。

想到这里我立刻打断了自己的想法。

只是，当我意识到了井口行为背后的深意，想起那个在晚上玩手机的矢野，从来不在白天做这样的事情，也是理所当然的。

那家伙应该是感同身受地理解了这一点，重要的东西会成为加害者的目标。

正巧，绿川拿着图书室借来的书走进了教室。

"早上好。"

"嗯。"

果然不会有这之外的回应。

关于这个班里唯一一个就算做和大家不一样的事情也能被原谅的绿川，我偶尔会这么想。

我并不羡慕她。

如果她走错一步，或许就会陷入和矢野同样的境地。只是因为她成了被害者，或者因为她有姣好的容貌，再或者因为她不会那么畏畏缩缩，所以不会置身被指责的境地罢了。然而这个位置，也说不定何时会踩偏。

绿川应该也知道这点，所以每天故意让大家看到她去图书室。我太可怜了每天都不敢带家里的书来之类的。如果说这是一种作战策略，那么卑鄙且成功。

上课铃声响起，班主任进来，正在说让笠井放学后到办公室来一趟，只见矢野慢吞吞地走进了教室。"上课铃响之前到座位上！"的注意声响起，矢野说着"好、的！"，坐到座位上。

我们的班主任平时似乎对矢野已经持放弃态度，不会说到这个份上，然而今天却有所不同。

"你啊，如果这是升学考试当天该怎么办？说句'好的'就能完事吗？"

我的脑海里同时浮现出"考试当天应该会更注意吧""但矢野的话说不定当天也会迟到"这两个想法。

"喂，矢野！"

我正在想真是烦人的教训，随即又响起一阵怒吼：

"有什么可笑嘻嘻的！"

我像变成怪物那刻一样，仿佛全身经脉都被打通了。

班主任接着开始了漫长的说教。最初是对矢野一个人的指导，渐渐忽然上升到全班的问题，包括笠井手机的事情、自我意识、自己的本分，等等。一直说到连第一堂课之前休息的时间都占满，上课铃快要响起来。

第一堂课就在这样的沉闷的气氛中开始了。要在这种气氛中开始上课，大家有些郁闷厌烦的情绪让我起鸡皮疙瘩。而且理所当然，大家的这份厌烦感会很快转移到那个成为导火线的人身上。

接下来的，就不用我再说明了。

周五·夜晚

我度过了和昨晚一样的夜晚。

除了我的心情,一切似乎都很平静。

周一·白天

睡到天亮，这回事从我变成怪物起就再没有过。

所以白昼与黑夜的分界线，全凭我身体的状态来决定。多数时候，身体变成人类是在早上四五点钟左右。太阳快要升起的时候。当然，以怪物的身躯回到家里的时候，家族成员都在睡觉，直到早饭和上学为止我还有些时间。

好几次，我都在被窝里打着滚，想着睡两个小时吧。然而直到我感受到一楼传来的咖啡的香气都还没入眠，以此往复，我放弃了。

今天我也是独自一人在房间里，坐在床上等时间过去。若是房间亮起的灯光泄到走廊上，又会被家人啰唆几句，于是我在黑暗中，拉开窗帘，安静地打发时间。从周六起一直多云，看不到月亮。

以前我会用手机打起微弱的灯光，借此看个漫画之类的，但最近没这个心情，做完作业后，只是回到房间里，像个静物般立在那里，等待时间过去。

这段时间，如果能思考点什么或许时间会更好打发，什么都不想才更困难。心无旁骛似乎是电影里的武术达人曾说过的，一定是某种修行。

我坐着仰身后倒。仰望天花板，虽然睡不着，但让能身体休息。

如果一定要想点什么，那还是快乐的事情更好。

我将手放在头上，在脑海中描绘下一个夜晚。

到了晚上，我肯定会再去学校，在黑暗中守护矢野，然后度过自由时间。今晚，该做什么呢？

这个周末我去逛了几个岛屿。跨越海洋之后是大自然，我去那里观察平时和我毫无交集的人们的生活。除了猫和狗还有很多别的动物，一发现我，它们就撒腿跑开了。

下次该挑战一下外国了吧。亚洲国家的话，来回方便似乎可行。如果成功了，之后就挑战世界。

就这样，我忽然想到了。

我究竟要这样持续到何时呢？

我终于意识到了，自己所思考的一切都是以我会一直这样持续下去为前提。

但不是的。

我并不知道，夜晚变成怪物的现象究竟会持续到何时。

在赶走元田他们的那个夜晚我曾想过，若有天夜晚变得普通,也再正常不过。失去夜晚的自由,也并非不可思议。

是的,我虽然能够理解,却期待能够持续得久一点。若要定义"尽可能",那具体又是尽可能到什么时候呢?

到初中毕业?到高中毕业?到大学毕业?到成年之后?

虽然并不清楚,但可以的话,希望能持续到我拥有自由为止。到这个憋屈的感觉结束为止。在那之前,希望还能支配变成动物的自己。

然而这究竟,又是到何时呢?

似乎能登这样说了。

成为大人之后,会自由一些。

真的吗?

如果是真的,究竟,是几岁的时候?

还有多少年?

这,并不是仅仅和我会变成怪物这回事相关联的问题。

还有多久,我才不需要去守护某个同学的夜晚不被破坏?

还有多久,矢野需要持续夜晚溜去学校的生活?

持续到,多久?

并非仅仅是,发生了什么。

不会察言观色、让人们愤怒的矢野。

不会和任何人交流的绿川。

以伤害他人为乐的元田和中川。

不再相信身边的人的井口。

究竟要持续到何时呢?

假如，从这个学校毕业之后就会结束吗？

如果分去了不一样的高中，在这个班级里的相处成为了回忆，大家的处事方法、性格、信赖关系、奇怪的兴趣爱好就会改变吗？

有谁知道这个答案吗？

我又一次迁怒于能登，为什么要说这样不负责任的话。现在我光顾着自己已经耗尽全力。在教室里不要犯错，不要有偏移大家的行径，从今天起的一星期，又不得不提高警惕生活。光是想就已经汗流浃背。

没关系，我还有夜晚。

我自我安慰着，换了换姿势，便听到了人类开始活动的声音。

去上学的时候已经有雨点砸了下来。本来就令人郁郁寡欢的周一。我撑着伞走着，在心里抱怨着老天为什么不在夜晚把雨下光。

我若无其事地想着今天一整天的事情，在路上走着。周一有很长的班会，英语课，数学课。没有太沉重的安排。

问题是，上周五的事情全班还残留多少余味。我得仔细分辨。不然的话，不知不觉便会偏离大家，立刻被赶出集体。里面和外面、白天和夜晚的交替都是一瞬间的事情，人类和怪物，却不同。

必须好好地选择自己的行动。

其实，会思考我凌晨时思考的那些事情，就已经算是偏离大家了，大概是无法被原谅的事情。

我不得不小心点。

"小安！"

意识到是在叫我,我转过头去,看到看上去很高兴的笠井。

"你的肩膀都湿透了哦,啊哈哈!"

我发着呆,忘了好好避雨。我拍拍左肩的雨水,调整了姿势。身体的,和内心的。

"小安,很少见嘛,走路来。"

"是吗?下雨天我都是走路哦。"

"欸,这样来着?"

家相对来说离学校比较近的笠井总是走路上学,回家路上搭谁的自行车。虽然学校禁止两个人骑一辆车,但踏出学校一步,校规就毫无意义。

今天也被特有的坐车上学组赶超,我们小心地避开水坑,什么也没发生,相安无事地抵达了校门口。

一切安全,我在心里欢呼,这样轻松的自己让自己也觉得好笑。

从这里才正式开始。

说起来,这里才是地雷满地。

笠井毫无障碍地跨越校门,将地雷毫不放在眼里,轻捷越过,顺利抵达换鞋处。一如既往的厉害。

但我做不到。我没有像笠井那样处世的品味。我只能小心翼翼地避免踩到地雷地,慎重却又被牵着鼻子走地生活下去。不这样的话,便会暴露,便会被排斥。

就算我对这一步一步感到憋屈,也无能为力。是我性格的问题。虽然这样,我偶尔也会想,要持续到什么时候呢?像在等待黎明那样。

我甩着浸满雨水的头发，像要甩掉软弱的想法那样。

只要小心翼翼地生活就行了。只要做正确的选择就行了。不是什么难事。

在换鞋处，我生怕水滴溅到谁的身上，小心翼翼地收伞，然后听到了先进去的笠井元气的声音。

"嗨！小能，出门吗？"

"谁是小能！"

我在地面上咚咚跺着伞，靠近在我们班的鞋箱附近打趣的笠井和能登。仔细看，能登拿着包和雨伞，穿着鞋子。正如笠井所说，此刻，她准备从保健室出去。

"安达君也早上好。"

"早上好！"

"初一的学生骑自行车摔骨折了，要带去医院。"

"放着别管吧？"

"笠井骨折的时候也想被人放置不管吗？我不在的时候也有别的老师在。那么，你们两个好好上课。"

说完，能登立刻出去了。

"保健室的老师还做这样的事情呀。"

看着她的背影，笠井若无其事地笑着说道。

"但工作很轻松的样子，这点事情应该做吧。"

的确，保健室的老师看上去挺轻松的。

若只论我们看见的那一面，的确是。

实际上如何，也没必要考究。在自己可见范围之外的想象力，对于生存来说是没必要的、多余的。笠井很清楚这一点。

我在鞋箱处将运动鞋换成室内鞋，终于，一成不变的一周又要开始了。

和往常一样这回事，我谈不上喜欢，也说不上讨厌。只是，这个不算糟的日常、我的每一天，为了让它不被破坏，我不得不小心。

其实没必要去想的。自由的地方，是成为大人之后的事情。

每天正确地生活。就像防交通事故那样小心不是件难事。不要做自己不该做的事情，仅此而已。

至于要持续到什么时候，不是现在需要思考的事情。

我必须要守护的，是能在这里和往常一样来学校，上课，有休息的时间，有自己的归宿。

不要让不糟的事情变糟。自己一直悄悄保护的立身之处，接下来也必须一直保护。

人类之躯的我能做的，仅此而已了。

和变成怪物的时候不同。有了想象力，便不能集中于自己。

和往常一样就行了。仅仅和平常一样就好。

和平常一样，采取正确的行动就好。

我下了决定，挺直背脊。和笠井一起上楼，在走廊，进教室。

就在那个时候。

我的脚边，有什么飞了过来。

直到滚到我的脚边为止，我也不知道究竟经过是怎样，发生了什么,为什么。

那个时候,也不知道那究竟是什么。

只是,除了笠井之外,全班的视线都集中在了我的脚边,然后集中在了我身上。

我还在想是什么,那个滚落在地板上的白色的鼓鼓的纸袋,我看了一眼,上面写着什么。

歪歪扭扭的一行字引入我的眼帘。

"矢野五月"

是矢野的东西。

那一瞬间,我才判断出。

清晨思考过的事情在我大脑里形成一个旋涡,在某处化为一片黑暗。

在这个黑暗之间,隐隐约约浮现出井口的那件事。

不,其实不是井口。是袭击井口的,更可怕的东西。

为什么,偏偏是今天?

我,再一次,看了眼全班同学的脸。

在场的所有人,都注视着我的行动。其中,也有"啊!"地叫着赶往这边的矢野。

我的背脊上冒出冷汗。

正确的行为。

我无法将"没有多想"当成借口。

也并非我"没注意到"之类的偶然。

我非常认真地,确认了脚边的东西。

虽说是很短的时间内，但也通过了自己的思考，判断，决定了行动。

我，用右脚踩碎了那个白色的袋子。

嘎吱一声，听到了袋子里发出的声音。

这个声音犹如解开魔法的钥匙。我的一步让教室里的时间开始重新转动，大家将视线从我身上移开，回到自己的事情上。

大家对我的疑云消散，我感到安心。作为这个班集体的一员，我选择了正确的行为。

我跨过踩碎纸袋那一步，向自己的座位走去。

我知道，正常情况下，我的行为是该被指责的。但在这个班里，却是正常的行为。我只是选择了该有的行为，朝着这个班级正确的方向前进。是的，我对自己这样说。

我竭力强摁下怦怦直跳的心脏，将书包放在课桌上，被一旁的工藤戳了一下。我紧张地以为要被追究什么，只见她笑得一脸爽朗。

就算工藤也知道，踩碎别人的东西，是件坏事。不仅是工藤，全班所有人都知道这个常识。

然而，工藤却在笑，这里谁也不会指责我，因为对大家来说，我采取了正确的行为。比起常识，对矢野的厌恶感和愤怒感才是这个班级丈量一切的尺度。这个尺度，才更重要。

我明白这点。

然而，就算清楚这一切，对班级来说这是常识这回事，并没有安慰到我，我的心脏渐渐加速跳动，因为，只有我，只有我和矢野才知道的事实，正在影响我的正确。

我全身发热，内心的某处天崩地裂。

如果可以，我现在就想问矢野。

为什么？

重要的东西，不是不能带来白天的学校吗？

我不知道那个白色的鼓起纸袋里是什么，焦急地觉得我不能犹豫所以没有多想，然而，我想我应该知道那是为了什么而准备的。

即便如此，我还是踩了上去。

"啊！"地叫着捡起袋子的矢野，从裂开的白色袋子往里看，自言自语嘀咕着"破掉了"，一摇一摇地走去教室后方，将它放进了自己的柜子里。那个身影，和工藤开心的模样一起引入我的眼帘。

我并没有操动想象力。

只是，看到那个袋子，就知道了。

这也不需要想象力。

人的内心，有名为罪恶感的部位，我今天第一次知道。

那个部位膨胀起来，就快要破裂掉。

那个被我踩到的白色袋子印上了我的脚印，底下歪歪扭扭的一行字，除了矢野的名字，还看到了一行。

"送给能登老师。"

什么狗屁。

我没办法的，我在心里不断说。

周一·夜晚

只能在白天给她，所以不得不带来学校。

刚到学校的时候没法给她，带到了教室，可能是因为能登老师忙着处理受伤的初一学生，矢野在保健室里没有碰到她。

虽然听说了是这一周，但我不知道今天是能登老师的生日。

然而这些丝毫无法为抹杀我的罪恶感做出贡献。

所以，晚上的我，决定去道歉。

白天我无法和她道歉，所以至少晚上应该去。怪物的我，这点还是做得到的。

久违地和晚上的矢野同学会面。这也是我第一次因为有什么特别的事情想要主动见她，有些紧张。

说不定，她今天不来。而且下着雨。说不定，因为我对她做的事情在情绪低落。

就算矢野今天在，我也对道歉一事有所抵抗。如果被她质问"需要道歉的话，干吗要做"之类的没办法，我所做的事情，作为那个班的一员没有问题，对矢野来说却不是能被理解的。

此外我还有不安，如果只是抱怨我还好。若是矢野有了其他反应，我该如何是好？

我想起了矢野的脸。

我比往常晚一些变身，然后往学校奔去。我凭借想象力生出巨大的蝙蝠那样的羽翼，在天空中扑闪翅膀。脑子里思考着矢野若是看到这对翅膀会不会觉得有意思之类的减轻罪恶感的事情。

我像以往一样抵达学校，在屋顶降落，想起了第一次来这里的场景。然而，心里没有那时的兴奋。和那时相同的只有内心的紧张。

夜晚的学校，今天也很安静。白天明明那样喧闹，满溢人体的温度，却远远没有夜晚这紧闭所有窗户、封锁的校园开阔。

因为我是怪物，所以今天这里没有人。人类的我，不是被墙壁或者天花板，而是被人的正义感、恶意、团结意识所封锁捆绑。

矢野同学，一定比我更加憋屈和窒息吧。

原来如此，所以她才需要来到夜晚这开阔的校园里呼吸。

此刻，我第一次明白了，她所说的晚休的意义。

我立刻抵达教室门口，在做好觉悟之前，打开了门。觉悟之类的，若真去做，不知何时才有脸出现。

在教室里，矢野坐在她平时的座位上。

看到我来了,她像个傻瓜一样张开嘴:"哇,好,久不见!"

我才两个晚上没来,算上周末也才四天,对矢野来说,或许时间的流逝不一样。

也许是白天对她来说格外漫长。

"嗯,好久不见。"

我往教室后方移动,变化成方便坐下的大小。

我正思考着要怎么开口,矢野将手机放回口袋里,转身看向我。

"呐。"

我担心她会忽然责备我白天的事情。

"你去什么好、玩的地方了吗?"

并不是。

和往常一样唐突的提问。我理解为晚上的事情,点点头说,"去了很多地方。"

"欸——!"

"但是没什么好玩的地方。去了一个晚上的观光景点,但是谁也不在,神社什么的,非常阴森。"

"明明这幅、模样还胆小呀。"

矢野的措辞和往常一样乱七八糟。"明明这副模样"之类的话,容易产生矛盾和误会。但今天我决定不多啰唆。

"安达、君,欧洲和亚、洲,哪一派?"

"为什么是这两个选择。我哪个都没去过。"

"是吗?我在、想,你晚上的样貌去、国外,因为时差是白天、的话，会怎样、呢？"

"……的确如此，会怎样呢。"

虽然我没思考过这个问题，但矢野的答案的确令人在意。

"如果在海上恢、复了白天的样子，就糟糕、了。"

"……很危险呢。"

今天凌晨我也思考过能不能去外国的事情。还是不去比较好。

"用安达、君、的想象力，无法、操控、时间吗？"

"不行。与自己无关的事情不行的。"

就算是晚上的我，也有做不到的事情。

"这样、啊！"

矢野用非常刻意、一目了然的失望语气说道。她朝着天花板，"唉——"地叹了一口气。

"我以为、你可以、让时间一直停、在晚上。"

"……"

身体在躁动，我极力隐藏。

如果能一直在夜晚。

这对于矢野来说，的确是切实的愿望。

然而，这是不可能的。对她来说如同地狱的白天，终究会来临。没有不会过去的晚上。许下绝对不可能实现的愿望，太令人头疼了。

她会说"你试过了吗？"之类的吧。

遗憾的是，如果我的想象力能够让夜晚持续下去，那么早就这样了。

在遇到夜晚的她之前，就是这样了。

我又何尝不希望能一直停在晚上。

我一直在期待夜晚不要结束。

然而，太阳总是会升起。我会回到人类的样子，换衣服，吃早餐，去学校。

并非从心底讨厌学校的我，也这么想。

我明白，矢野这句话不是随口说出的，我深有同感。

我真希望能将用想象力就能实现一切的力量给她。

比我更强无数倍的强烈的愿望，说不定能制造永远的黑夜。

"那，今、天，做什么、呀？"

似乎我的挣扎没有被她看穿。

"我怎么知道做什么……"

我今天来的目的是道歉，当然没想过今晚的计划。

虽然没想过，但听到她的话，我安心不少。矢野没有因为白天的事情太沮丧，而是像往常一样向我提议。或许她也理解了无非是大家平时做的事情的扩展，我也没有办法之类的。

即便如此，此刻的我还是没能想到一个好的切入口。

"棒球部的窗户也没有碎掉啊。"

"可能是因为没追、上呢。"

"什么？"

"去、体院、馆、看看吗？"

矢野无视我的疑问，提出了自己的提议。和往常一样。一模一样。

我想去体育馆也不错。比这里的空间更广阔,不用营造太紧张的气氛,做点什么混淆视听稀释一下,反而容易道歉。

我决定参与她的提议。

"安达、君,没有自己的意见吗?"

"晚上的学校我没什么想去的地方。"

"啊,是、吗?"

我那一刹那想到,矢野的这句话,其实或许包含了更加深刻的对我的回答的否定,但也有可能是我想太多了。

矢野先出了教室,我接着锁上门。准备好我的分身,派他先探路。看过好几次的矢野还是说"真方便、呀"。

下楼,往体育馆走去。虽然矢野的脚步声比往常都响亮,但我没有提醒她。

穿过更衣室,路过了我某次踢了矢野一脚的地方。穿过走廊,体育馆的门紧锁着。

矢野等在门前,我先入内。

我变成液体状后再回到怪物的模样,我所感受到的体育馆的内部,仿佛是一个封闭的监狱。

明明是在寂静之中,却仿佛能听到被封锁其中的白天体育课或者社团学生们所制造的声响。

物理上被关在密室的感觉让我发怵,我立刻用尾巴打开了门。

在外面等待的矢野一句道谢也没有地脱了鞋,踏入了体育馆。装模作样地大口吸气。

"我好像能听、到声音。"

她的动作让我不由得联想,难道不是闻到了什么?我没有告诉她,我和她一样仿佛能听到声音。

我用尾巴关上门,矢野"哦哦哦"地发出称赞。

"漆黑、呀!"

"嗯。"

虽然安全出口的灯亮着,但这点灯光对人类来说还是令人不安吧。

"你等等。"

我让矢野等在原地,自己飞上二楼,用尾巴合上高处的窗帘,然后点亮了一排灯。这样的话,作为人类的矢野也能看见了。我祈祷从外面无法发现。

我回到下面,矢野靠着墙壁沿着体育馆边缘走。我将身体调整到一个容易坐下的大小。

比我身体娇小的矢野缩小步伐,花掉走完一圈的时间回到了这里。

回来之后,她指着天花板说,"呐,安达、君,把那个取下来、吧!"

我往上看,起初没明白她说的那个是什么。顺着她的指尖,只有天花板。

"球"。

被她这么一说我才发现。我也不够敏感。

我想一下怎么办,然后离开矢野,张开双翼。像她所期待的那样,背对她压抑住的"哦哦"欢呼声,往上飞。虽然可以用跳的,但我刻意选择了飞。

我用尾巴将天花板的铁架中夹着的篮球取下来。犹豫、担心球打到在下面等待的她,我中途接住球,在体育馆内旋转降落着陆。

我将球温柔地投向传来毫无节奏的掌声的方向,球刚好夹在了矢野为了鼓掌而分开的手心中。

她又一句感谢也没有,将球拍在地上。或许是力度和角度的问题,球往各种方向跑去,滚来我跟前。我用尾巴抓住球,往她一投,她往后面躲闪,一摇一摇地追着球跑。

经过了过于笨拙的投篮练习和高度着实不够的三分球练习,矢野终于疲惫或者厌倦了,将球抛来我跟前。忽然搞什么鬼?

我用尾巴接住球再抛给她,这一次好好地被她接住了,又向我投来。看上去投接球的手腕还不错。这个程度的话,我还能陪玩。

就在球来回飞了几个回合,而矢野好几次躲闪掉球的时候,砸在天花板上的雨声渐渐变大了。虽然我们被关在室内,但被保护着。

"有安达、君、在,这个孩子太幸运、了。"

矢野又说了句唐突的话。

"这个孩子?这个球?"

"嗯,这个孩子作为球,好好地、活着哦。"

"它并没有生命。"

"虽然沉、默着,但是活着、哦。"

"太恐怖了。我们抛来抛去的。"

聊天和投接球。

不知为何,自己似乎乐在其中。

"在哈利、波特的世界,会出现的、吧。"

"嘛,画啊,扫帚之类的会动呢。"

"原来如此,所、以,那个笨蛋放、弃了呀。"

"什么?"

"但还、是当心点、好、哦!"

"你在说什么?"

"安达、君呀。"

仍然不听别人在说什么的矢野,使用全身的方式很笨拙地投球时,说话的音调变得很奇怪。

"嗯。"

"白天的模样和晚上的模、样,哪一个是真、的?"

不知是否因为她比刚才更用力了。

投来的球,从我上方通过。在身后的地板上冲击出的声音吓得黑色的颗粒在摇晃。

"欸?"

"把球拿、过来。"

矢野毫不在意地笔直指向我。我听从她的话,转身,用尾巴捡起球。

"投给、我。"

我随意投出的球,却被她好好接住了。

"人类的模样派,还是现在的模样派?"

"啊,呃。"

"我在、想,你究竟、喜欢哪一、种。"

矢野拿着球,对我说。

"哪一个,是真的、你?"

她指的是什么呢。

"我、呢。"

我并没有问,她却像往常一样自顾自地说起来。

"哪一个都不、是我哦。哪一个都不、是。白天的,晚上、的,都不是、我。我什么都没有、错,只是和周围、不同。和周围的时、间、人物氛、围不同而已。我白天和夜晚都一、样。哪一个都不、是我。"

"……"

"但是,安达、君白天和夜晚完全不、同。"

她到底在说什么呢?

"所以哪一个,才是你、呢?"

矢野指着我,像是扮演侦探一样。

"没,见到你的时候我一直在思、考哦。"

她一脸高兴的样子发着呆。

被她所指着的黑色颗粒,安静地震动。

矢野一动不动地盯着我,没有躲闪目光。

"我想知、道。"

"……"

我吸了一口气。

或许,她并没有那样坚强和聪明。

或许她只是认真,单纯,心怀疑问。

人类的我,怪物的我,哪一个才是真正的我?之前她曾被问过,是不是生下来就是怪物。所以,矢野用天真的问题和我直面相对,也很自然。

即便如此,她开玩笑的样子,仿佛是为了掩盖本来的感情。就像被中川或者笠井责备的时候,她的笑,是为了掩盖别的情绪。

是为了让我感受罪恶感吗?

我感觉在被责备。

我感受到矢野在隐藏对我的愤怒。

当然,是对于人类的我所做的那件事。

她不说出口,只是为了保护。

像对井口,像对中川那样,为了保护此刻的时光。

如果生气了,夜晚的时光会被破坏,如果生气了,我和矢野的关系定会破灭。

我想,她会不会是为了这样的理由,在压抑自己的情绪,去寻求一个自己可以妥协的答案。

我不知道这个设想是否正确。

也不知道矢野的提问,我应该如何回答,才能让她接受。

不知道的我,总之选择了逃避。

"对不起……"

我没有回答问题,相反,我跳过她的提问,倾吐了她其实真的想听的话。

虽然我也曾试图蒙混过去，但想了想，说了更有利于实现两个人本来目的的话。

说了那个比起用妥当的语言去回答矢野这个隐藏自己的内心的混淆视听的问题，更加有意义的答案。

所以其实，矢野这个意味深长的疑问，对我来说恰到好处。

"什、么？"

矢野刻意地转着手里的球，歪着脖子。我想，她果然还是想从我这里听到道歉。

平时的话，我会对她的刻意感到生气。然而，鉴于今天她的感情是正确的。就算被生气，也是理所当然。因为我干了那样的事情。

然而，道歉并非理所应当。白天的我做不到。

成为怪物的我，却可以。

所以，我好好地用怪物的身姿站起来，用大大的头向她低下。

"对不起。"

"嗯？"

矢野一脸更加不可思议的样子。

孩子气的大眼睛，咕噜咕噜转动。

睁得很大的样子，傻乎乎的。

"那个……"

说了一半被打断。勇气溜掉了。

我几乎没有故意做自认为不好的事情的经验。也没有和我故意欺负的人道歉的经验。由我一个人承担责任的事情本来就不存在。

但是，正因为如此，才需要道歉。

因为我觉得不对。

不对。

不对？

谁不对？

"那个，今天。"

什么时候？

今天做的事情，每一天做的事情，什么时候的事情？

积极主动地欺凌，被动的欺凌，哪一方？

元田，中川，还是我？

是矢野，还是我们？

"我踩掉了你送给能登老师的礼物，对不起。"

脑海中分明被其他的语言和疑问所塞满，我还是对她毫无准备地抛出了准备好的那句话。如果考虑着多余的事情，不知道什么时候才说得出口。

所以能说出口，对我来说真是太好了。

然而还是不由得因为紧张或者别的什么而眼光躲闪。

但又因为担心矢野会觉得我的道歉是开玩笑，于是立刻看着她的脸。

看了。

看着，我用我那八只眼睛，认真地看着接受我的道歉后，矢野的表情变化。

她抖动着嘴唇。

矢野朝着我，美滋滋地说："不要为、白天的、事情、道歉哦。"

她没有笑。

撅着嘴的矢野，说了这句我以前听过的台词。

说实话，我猜到矢野会这么说。

和我预想的一样。所以这刚好。

其实，我最害怕的并不是矢野的语言，而是她的表情。

只有我知道其中的深意，心想，若是对我摆出了那个表情，该怎么办？

如果她对我摆出了那个，向对她做过很过分的事情的人们所做的表情，怎么办？

但是结果，她不是那个表情。

所以太好了。

"你不、笑吗？"

不知为何，多余的话从我锯齿般的嘴里抖搂出来。

"嗯，嗯？"

"我对你做了那种事情。"

明明没有这么问的必要，我没必要去挖掘自己会被责备的点，然而从嘴里说出的话无法回到怪物我的嘴里。

矢野睁大眼睛，"啊、啊"地夸张地拍起手。

然后，笑了。很奇怪的，笑了。

不是美滋滋的，而是自然的笑。

"安达、君,不可怕、哦。"

"……为什么?"

嘴擅自张开了。

"为什么啊?我对你做了那样的事情。"

声音不知为何在体育馆的空洞中显得格外响亮。堆积的白天的声音和气味,仿佛全部消散了。

"为什、么……"

矢野歪着头,一副不可思议的样子。

我也不知道自己为什么会这么问。

"那是因为……"

"……"

"因、为安达、君会注意到。"

对于我毫无诚意的提问,矢野认真作答。

然而,我连这个答案的意思也不明白。

我想是因为我没有真正了解她。

"莫非、安达、君……"

矢野接下来的话语,让我觉得从天落下个滚雷。

"希望我、怕你、吗?"

……啊。

"很奇、怪!"

矢野拍了一下球,这一次球很顺利地回到了她手里。球和地板撞击的声音,仿佛将我心中的一层薄膜捅破了。

我活过来了。

薄膜中真实存在的东西从我脑海中溢出，将我的全身所麻痹。

啊，啊啊，原来如此。对于矢野的提问，我还没有作答。

不是大脑中的词汇都全部消失了，只是对于她的疑问的答案，并不是谁都可以看的。

听到矢野的话，我忽然察觉到，至今为止心里所怀揣的某个东西的名字是错误的。

这个发现让人难以置信，但无法被糊弄过去。

心中被我认为名为罪恶感的部分仿佛被针扎到一般，让我觉得疼痛。

被矢野的话语所刺破。

她说中了。

"安达、君，好奇怪。"

"……"

"在楼顶上说我、很奇、怪，现在还给、你，嘻嘻。"

我希望矢野害怕我。正如她说的一样。

理由很简单。只是，这样的话，或许我不用再在意她了。

被她认为很可怕被她讨厌被她觉得是很过分的人。

能够被抛弃，会轻松很多。

总之先道歉，如果对方拒绝了那也没有办法。我曾想这样会很轻松。

我不能否认心中的这个想法。

因为我一直害怕被她寻求帮助。

所以，才能这样毫不犹豫地，跑来找她道歉。

一定在心里都某处，觉得今天这样的时机刚好。

我心中那块被察觉出的黑色的部分，它的名字，或许不是罪恶感。

"啊——难道是那个！"

虽然应该不知道我黑色的胸膛之类的，但矢野指着我，不可思议地摇晃着头说："安达、君是害怕、安达、君、自己吗？"

"……欸？"

"没关系，不可、怕哦！"

像娜乌西卡一样说话的矢野不是美滋滋，而是傻乎乎地笑了。然而，我什么都没说，她又将头偏向另一边。

"不是、吗？"

"……"

"那、该不会、是……"

矢野不是指着我，而是指着自己。

"安达、君，怕我、吗？"

这是从刚才起胡乱丢来的疑问中，我唯一能够点头的疑问。

我只是点了一下头，矢野就自然而然地摆出一副讨厌的表情。理所当然的反应让我畏惧。

"什么、嘛，我又不会做、过分、的事情。"

如她所说。矢野虽然不会察言观色，又可笑又迟钝，但是不会对我做任何过分的事情。

只是，觉得可怕并不是那么单纯的理由。

"……我也不知道。"

"什么、呀?"

不想让人发现心中那块黑色的部分的狡猾的我,只想让她看到我能让她看的部分,以糊弄来证明我的纯洁。

我告诉了她一直等待的真心话。

"我不明白和我的想法差太远的矢野同学的想法。"

所以,才会想说没办法。

"欸——不同是、理所当然的、啊!"

矢野的口吻,像是但又不是把我当成傻瓜。

"心里想、的事情,当然不知道、啊。"

矢野一副真的不明白我所说所想的样子,皱起眉。就是这个脸,这个对不明白的事情毫不隐藏的表情,真可怕。

"那这样的话安达、君,和谁在一起、呢?"

和谁?无数人的脸在我脑海中穿过。矢野将手遮住的脸,折起大拇指。

"装作喜、欢欺负别人,其实没人处于劣、位就不安的、不行的女生?"

在说谁呢?

接着,折起食指。

"头脑聪明,明白自己该怎、么做周围会怎、么转动的贪玩的男、生?"

在说谁呢?

接着,折起中指。

"就算吵、架对朋友做了过分的事情无、法和好,对谁都只会点、头,承担没必、要的责任心,代替本人去报、复别人的笨蛋同学?"

她到底,是在说谁呢?

最后,她折起无名指和小指,做出石头朝着我。

"我和安达、君,还有那些孩子、们,都不一样、哦。不一样是、理所当然的、哦,所以心里的想法、不被理解是正常、的。"

"……"

"就算这样,安达、君、也觉得我、可怕吗?"

被这么问,这一次我没有点头。矢野所说的和我所想表达的听起来完全像是两回事。但是她的话的确也有道理。

就在我犹豫的时候,她的表情变了。

矢野轻微地扬起眉梢和嘴角。我立刻明白了这是因为高兴还是奇怪。不是美滋滋,而是一个虚假的笑脸。做作的、隐藏本来的感情的脸。

"真伤、心。"

那个瞬间,从矢野的口袋里响起了闹钟的声音。

在校门口分别的时候,谁也没说"明天见"。

剩我一个,在黑暗中奔跑。明知道毫无意义,却无法平静,于是奔跑。

回过神来,发现我身在黑暗的山中。穿过灌木,和动物擦肩,到了河川旁边。头顶的树叶消失,雨水直接将我浇灌。

怪物的身体,不会感到寒冷。不会感到寒冷,却能感受到心底的颤动。

我静静地闭上眼睛,深呼吸,这个震动却无法消失。

悲伤。悲伤,悲伤。

矢野的那个笑脸,在我脑海中挥之不去。

今天的目的明明已经完成了。

我道歉了。并且,矢野也应该原谅我了。

就这样应该就好了。

然而,我却全身颤抖。

矢野说,被我害怕让她悲伤。

就算被欺负,就算事态恶化,就算我将她重要的生日礼物踩坏也没有说悲伤的矢野。

却说我的害怕令她悲伤。

这究竟是什么意思?无论我如何想也无法明白。

假如,我被谁觉得可怕会感到悲伤吗?悲伤觉得难以靠近,会觉得悲伤吗?

我试图想象,然后得到了答案。

是我信赖的人。

就算不是全部,也是有一部分能让我所信赖的人。

矢野一定是信任我的吧。

不,不仅仅是我。

而是那个白天对她做了那么过分的事情,晚上却来求得原谅的我。

所以她才问,白天的我和晚上的我,哪一个才是真正的我。

她一定是想确信,夜晚的这个我,这个向她道歉的我,才是真正的我，而白天那个欺负她的是我的赝品。

其实并不是这样。

我其实根本没有罪恶感。

沿着河川走，前方有小动物和的动物。

"ХХХ。"

我装作是捕猎的场景，发出声音，两只动物都往其他方向逃了。

我想起了在怪物面前也好，在同学面前也罢，从来没有逃跑的矢野。

话说回来，我道歉到底是为了什么？

道歉了，但如果第二天脚边又滚来她的东西，我会再一次踩碎吗？

明天又要对她视而不见，还打算和她道歉吗？

无非是自顾自的安慰罢了。

总而言之，是为了我自己，所以才道歉。

假装温柔。假装好学生。

"……对不起。"

在无人的黑暗之中，我不知道在和谁道歉。

我知道的事情只有一件，比起那些积极主动欺负矢野的家伙，我是更为残酷的生物。

狩猎弱小者来维持自己生命的野兽比我透明多了。

那些责备讨厌的家伙、决定好顺序的家伙比我透明多了。

我慢慢地趴在地上看着我的六只脚。

黑色的颗粒在表面躁动，和小虫相互靠近做成新的生物的模样，越看越令人讨厌。

　　然而，是哪一个？

　　矢野一定在等今晚的我。

　　那个陪伴她度过晚休的我。

　　仅仅是晚上的时光，也像朋友一样的我。

　　毫不了解她的我。

　　怪物的我。

　　她在等待，如此可怕的外貌的我。

　　她被骗了。

　　被我这样残忍的生物。

　　八只眼睛照耀着黑暗，四只尾巴摇动着，我登上了山。

　　应当比什么生物都拥有更广阔的视野，却被思考所埋葬。看不见前面的动物，悬崖边扎根的树木，脚边安静绽放的小花。

　　究竟，是等的哪一个？

　　在夜晚，被黑色颗粒覆盖，有着六只脚八只眼睛的身影。

　　在白天，以人类的身影为了和大家一样而参与欺凌的行为。还是说，在心中的某处筑建起巢穴，大到足以埋藏起矢野所信赖的那个自己。

　　究竟指的什么？

　　怪物，究竟是什么？

周
二
·
白
天

我还没想明白,天就亮了。

头很沉重。就算是那副身躯,长时间淋雨也是会感冒的吧。

我的身体疲惫不堪,虽然一瞬想过请假休息,也只是一念而已,我来到一楼吃母亲准备的早餐,今天,只吞下一枚吐司。

在我换衣服的时候忽然想,不要量体温了。看到度数,肯定会退缩。

当身体欠佳的时候,会再一次意识到身体是自己的。和晚上在空中奔跑时是相反的感觉。我能全身心地感觉到周围的空气与声音对自己来说完全是不一样的存在。就算感受到,也不是什么好事情。

出门后,我发现雨已经停了。但还是选择了走路。

一步一步,和昨天完全相同的路。分明是走了无数次、骑车无数次的路,今天却有和以往感受不同的瞬间。或许是感冒的缘故吧。

我往下看,看着水坑小心地走,在前进的方向看到了双小小的运动鞋。

"早上好!"

抬起头,听到了前面女孩的声音。虽然意识到了是谁,还是感到很意外。

"哦,早上好,欸,工藤家不是在这边吧?"

这边是我上学的路。我们学校的学生上学主要有三条路,工藤住在北边那条大路的方向。

工藤轻声笑着说"嗯呐"。她轻松地回答,认真提问的我也跟着轻松地笑了笑。

"嗯呐什么啊。"

"我昨晚住在姐姐家,姐姐开车送我上学,平时总是骑自行车怕被同学戏弄。"

"欸——"

没想到在那群体育系家伙的团体里总是有被捉弄感觉的工藤,居然讨厌这种事情。但我没说。

"那个我们的剑道部史上最强的姐姐对吧。"

"对对,拜她所赐我压力大到不行。"

吐着舌头的工藤,就算是抱怨和讨厌的事情也会用笑脸包装好。总是从她这里得到治愈的我想要支持她,从心底说着"加油哦!",她露出小虎牙说着"嗯!",使劲点头。

看到点头的工藤,我忽然想。我的大脑,一定是因为感冒。

究竟，是哪一个呢？

"对了，小安！"

"怎么了？"

是哪一个呢？

充满元气地照顾后辈、拼尽全力度过快乐时光的工藤。

"最近你有时无精打采呢，没事吧？"

聊天的途中若无其事地用果汁的盒子砸同学后脑勺的工藤。

"怎么了？完全没事哦。"

哪一个才是真正的工藤呢？

"这样就好，有什么烦恼都可以告诉我哦。难得我们是同桌。"

"……真的没什么。"

我又不可能说我其实是怪物。

"真的吗？"

"……嗯，再不开始准备升学考试真的不行了。"

"哇——"

工藤站住，发出惊叹的声音，我挠着头转身看她。

"怎么了？"

"不不不，小安果然很认真啊。"

被说认真，其实就是我当作被当傻瓜来防守。

然而，并不是这样。

"我也不得不好好考虑了。剑道也没有强到可以凭此上高中。我要学习一下小安。但相反，我把情绪化给了你。"

"我才不要。"

"哈哈哈！"

工藤放大声音笑。说实话，好几次都被她的轻松爽朗所拯救。所以，我以为今天也会有什么让我灵光一闪的拯救。

我想，如果是这个认真的、不会把和自己不同的人当傻瓜的工藤的话，问一问也无所谓。

问这种问题，说真的，已经有点偏离了。

然而我相信工藤。

"对了，虽然不是烦恼。"

我决定抛给她试试，工藤立刻装出一个认真的脸。

"哦，嗯，什么都听。"

"工藤在和社团的后辈们在一起的时候，和班里的大家在一起的时候，对了，现在有男朋友吗？"

"没，没有没有。"

"那之前有男朋友的时候，哪个瞬间才是真的自己？"

"欸，好难，嗯但是……"

工藤跳过水坑。我避开水坑。

"和小安你们在一起的时候吧。在社员成员面前我是前辈，不得不好好表现，之前和前辈交往的时候还挺注意察言观色的。"

"这样啊，抱歉，问了奇怪的问题。"

"没事哦。"

工藤没有太当真的样子让我感到安心。然后，工藤很了解真正的自己这回事又让我焦虑。其他人好像也都是这样，不了解自己的只有我吧。

其实，如果是这样，我想知道对于欺负矢野这件事，工藤是摆在心里的哪个位置。然而我无法踏入这个话题。

到了学校，工藤也和往常一样聊着有的没的话题。

仿佛是，我们班里没有无视也没有欺凌更没有报仇的什么也没有的时间。

我一直在思考。然而，还是没有答案。

来到学校门口，人忽然变多，其中有打着大大的哈欠的笠井的身影。他注意到我们后扬起手，我和工藤也挥挥手。

忽然，工藤叹了口气。

"我果然不行。"

"怎么？"

"啊，不，什么也没有。"

不知道是不是无意识说漏了嘴，工藤害羞了。我没有追问。心想工藤这家伙可不行。

笠井在校门口等着我们。

"早上好，小安和工藤上学是同一条路吗？"

"早上好，我被姐姐送到附近的时候遇到了小安。"

我回避着"呼——"地笑着开我们的玩笑的笠井，工藤说着"天晴了太好啦"岔开了话题。

我听着她随意的搭话笑笑，大家用各自的步伐往学校走去。

就这样，今天和往常一样的校园生活开始了。

工藤刚才说的话，还在我脑海中盘旋。

真的不行的那一方是我才对。

藤度过着对自己清楚明白的每一天。

而我不同。虽然白天和晚上都用来思考，却还是怀着一个不了解自己的自己，来到了这里。

一定要更早决定才行吧。

我决定，就算不知道是什么，但至少在今天，在到达学校之前，不得不决定什么。

然而，接下来又是和往常一样的一天。

和往常一样，不知道自己究竟是谁，也不知道自己在班里的位置。

在鞋柜，换上湿掉又差点断裂的室内鞋，我和不像我这样卑怯的同学们一起往楼上走去。

在走廊上，进教室，坐在座位上。重复了几百次的行为。

在教室里，有带着笑脸跟我打招呼的家伙，有在热烈地讲着昨晚的电视节目的家伙，也有趴在桌上睡觉的家伙。

谁都没注意到。

这里坐着一个怪物。

这里，坐着狡猾的我。

真正的模样，就算看过也不会知道。

就连我自己本身也不知道。

还什么都没有决定。

"早上、好。"

明明什么都还没决定。

就听到了，那个总是格格不入的声音。

我抬起头，今天也从视线的角落偷看。矢野美滋滋地笑着，从前门进教室。当然，谁也没有回答她。教室里，掉落寒冷的空气。

我心里想，不要在意矢野就行了。

然而装作不在意，其实和很在意恐怕是一回事。

总是这样。

和知道会对自己视而不见的对方打招呼，矢野总是这样美滋滋地笑。

只有我知道，她这样做不是因为脑子坏掉了。

只有我知道，其实是因为她很害怕。

每天早上，如果有什么可怕的，她就会笑。这是她自己的习惯。

或许是知道自己是怎样的存在。

或许是和欺负自己的人打招呼。

或许是自己过于不寻常的举动。

不管哪一个，或许是任何一个，都是她自己不做就行了的事情。

也就是说，这些事，都不是最可怕的事情。

说不定，其实更加单纯。

不是习惯被欺负了，也不是因为她是矢野。

是更加单纯的，像是想要拥抱谁的那样的心情。

今天也知道自己被无视，还是会觉得可怕吧。

矢野一步步，像做着慢动作，又像做着快进一样。

其实既不是快也不是慢，她只是像往常一样，摇摆着身体的主轴,偶尔蹭到同学的衣袖而被嫌弃地,走着。

在我的脑海中,昨夜花了一整夜酝酿的思绪和感情搅拌在一起。

今天,在见矢野之前,我想我需要决定什么。

我需要做出选择。

我究竟是谁?

怪物究竟是什么?

我对矢野应该持怎样的态度?

我在班里应该持什么立场?

如果没有决定,昨夜,我是为了谁做出了那些举动?

所以,如果决定了,一定没有那么多烦恼。

然而,花了一整晚也选不出来,也决定不了。

也有什么都不想这个选择。

但是也没决定要这样做。

实际上,我真的什么也没决定。

"早上、好!"

这个声音,在教室里大家的罅隙间响起。

音调奇怪的、声音颤抖的、可笑的招呼。

我们都很敏感。

比大人想象中更加眼耳敏锐。所以立刻会注意到比自己弱小的或者坏的存在。异常的东西会立刻被发现。

全班一定都听到了这个奇怪的招呼。

如果这伙人是矢野,她的异常即是普通,所以教室里的时间又开始运转。

大家没有明白的,只是这因谁而起,又是针对谁的事情。

连我也不明白。

为什么明明什么都没决定,我却还能做到这样,我也不懂。

只有总是美滋滋笑着的她,用惊讶的表情牢牢看向这里。

是看着是人类的我,还是看着是怪物的我?

看着安达君。

我咽了咽口水。

只有她知道在看着谁。

两者的可怕之处都知道的,也只有她。

那个矢野,一定不会移开眼睛。

用两只大大的眼睛,将我,安达,收入眼眸之中。

两只,都看着我。

当我察觉到此的时候,我的嘴,动了一下。

"早上好。"

包括我在内的全班同学,在第二声的问候中,终于知道了这个招呼来自谁,为了谁。

同样也传达给了矢野。

问候,好好地传达到了。

因为她慢慢笑了。

不是美滋滋的。

是轻轻地牵动了一下嘴角,克制的、毫无勉强的、自然的笑。

知道的,说不定只有我。

这是，真正的笑脸。

"终于、见到、你了。"

她毫无必要地大声说道。

我没有指责她。

我在思考自己做的事情的意义。

是背叛团结意识吗？

是加入了矢野派？

我还找了很多乱七八糟的意义，但或许并不是那么复杂的事情。

虽然矢野说了"终于"，但其实也不是这样的。

想一想，无非是打招呼罢了。仅仅是招呼。

无论是哪一个我，都做得到。

然而。

"为什、么？"

矢野歪着她短短的脖子。

我今天忽然被问到关于打了招呼的事情。

本来不是什么值得被问的事情，打个招呼之类的。

我想那连自己也能感受到在颤抖的嘴唇这样回答，然而却错了。

"为什么，安达、君在哭、呢？"

被说了我才意识到。

视线一片模糊，脸颊有什么滑落，喉咙哽咽。

为什么？我也不知道。我有什么哭的必要。

我明明不悲伤。

我慌张地用袖子擦眼泪。

"小安,怎么了?"

我听到了一旁的工藤的声音。

她的疑问,应该不是针对我哭的事情。

工藤,是觉得我偏离大家了吧。

若是这样,很抱歉,不是的。

那个觉得矢野不对劲的自己,仍存在于这里。

对于绿川的举动,对于井口的行为,莫名其妙,我无法否定。无法丢弃这个对他们的行为持以肯定的自己。

只是,我意识到另一个自己也在这里。

那个觉得矢野并不是彻底的坏人的我。

喜欢音乐,喜欢漫画,喜欢电影,可以很开心地聊着这些的她。不觉得人可以任意被欺凌的我,不仅仅是夜晚,现在也在这里。

我什么都没有决定。

就算花掉一整夜。我无法选择某一方。

但是,我注意到了,矢野的两只瞳孔里都有我的身影。

夜晚,无法对矢野视而不见的我。

白天,不想被大家讨厌的我。

哪一个我都不算是好人。

所以,无法帮助你。

但是,听到你的声音。

无论是哪一个我，都可以做到。

虽然可能很肮脏，虽然可能不透明。

虽然可能偏离了大家。

如果这样就算是偏离了轨道，那我至今为止已经偏离了太多。

我一直不知道，以哪个自己，在什么时候，在生活究竟倾斜了多少。

我只是做了，这个我能做的事情。

啊啊是啊，我的发现总是比矢野晚一步。

我明白了自己流泪的理由。

就如她所说。

终于，见到你了。

所以，我对工藤说，"没什么哦。"

这个回答，或许在工藤听来，好像是我自己决定成为矢野的同伴，和大家告别。

但是，不是的。至今为止的自己没什么不一样。

夜晚，有一些烦恼的事情。早上，见到工藤聊过天之后变得精神了不少。和这样的自己没什么不一样的我。

和那个大家认为和班级一致的自己没什么不一样的我。

虽然我知道，大家不会轻易接受这个不做选择的我。

站在中间地带的井口遭受过什么，我没有忘记。

即便如此，我仍然怀抱希望。

希望大家也能察觉。

在没有必要的想象力里，或许我也存在。

在对方的痛苦中我也存在。

或许是我的擅自主张和一厢情愿。

或许是大家朝着不同的方向在偏离。

或许并没有一个固定的栖身之地。

我察觉到了。

所以，就在工藤瞪了我一眼，将座位向我在的反方向拉开的时候，我已经接受，她也是经过自己的思考，偏离在她认定的方向。

她的眼神，和曾经看井口的中川的眼神很相似。

要接受这个，还很痛苦。

我从心底感到悲伤。

当自己遇上这样的事情，很难认为是无可奈何。

对于第一次察觉到这些的我来说，是累积叠加的打击。

这天的夜晚，我久违地睡了个好觉。

YORU NO BAKEMONO
©Yoru Sumino 2016
All rights reserved.
First published in Japan in 2016 by Futabasha Publishers Ltd., Tokyo.
Simplified Chinese translation rights arranged with Futabasha Publishers Ltd.
Through Beijing kareka consultation center.
著作版权合同登记号：01-2020-0610

图书在版编目（CIP）数据

夜晚的怪物／（日）住野夜著；曹小优译．－－北京：新星出版社，2020.7
ISBN 978-7-5133-4045-8

Ⅰ．①夜… Ⅱ．①住… ②曹… Ⅲ．①长篇小说－日本－现代 Ⅳ．① I 313.45

中国版本图书馆 CIP 数据核字（2020）第 074721 号

夜晚的怪物
[日] 住野夜 著；曹小优 译

责任编辑：白华昭
责任印制：李珊珊
装帧设计：所以设计馆
出版发行：新星出版社
出 版 人：马汝军
社　　址：北京市西城区车公庄大街丙 3 号楼　100044
网　　址：www.newstarpress.com
电　　话：010-88310888
传　　真：010-65270449
法律顾问：北京市岳成律师事务所
读者服务：010-88310811　service@newstarpress.com
邮购地址：北京市西城区车公庄大街丙 3 号楼　100044
印　　刷：北京美图印务有限公司
开　　本：787mm×1092mm　1/32
印　　张：8
字　　数：155 千字
版　　次：2020 年 7 月第一版 2020 年 7 月第一次印刷
书　　号：ISBN 978-7-5133-4045-8
定　　价：45.00 元

版权专有，侵权必究；如有质量问题，请与印刷厂联系调换。